蔡東藩 著

明史演義

從紅丸大案至
梅山殉國

風動空江羯鼓催,降旗飄颱鳳城開。
將軍戰死君王繫,薄命紅顏馬上來。

懷宗自縊、弘光帝專情酒色⋯⋯
從此改應天府為江寧府,兩百餘年的明廷社稷就此終了!

目錄

第八十一回　聯翠袖相約乞榮封　服紅丸即夕傾大命 …… 005

第八十二回　選侍移宮詔宣舊惡　庸醫懸案彈及輔臣 …… 017

第八十三回　大吃醋兩魏爭風　真奇冤數妃畢命 …… 029

第八十四回　王化貞失守廣寧堡　朱燮元巧擊呂公車 …… 039

第八十五回　新撫赴援孤城卻敵　叛徒歸命首逆伏誅 …… 051

第八十六回　趙中丞蕩平妖寇　楊都諫糾劾權閹 …… 061

第八十七回　魏忠賢喜得點將錄　許顯純濫用非法刑 …… 071

第八十八回　興黨獄緹騎被傷　媚奸璫生祠迭建 …… 081

第八十九回　排后族魏閹謀逆　承兄位信邸登基 …… 091

目錄

第九十回　懲淫惡閹家骿戮　受招撫渠帥立功 …… 103

第九十一回　徐光啟薦用客卿　袁崇煥入援畿輔 …… 115

第九十二回　中敵計冤沉碧血　遇歲饑嘯聚綠林 …… 127

第九十三回　戰秦晉曹文詔揚威　鬧登萊孔有德亡命 …… 139

第九十四回　陳奇瑜得賄縱寇　秦良玉奉詔勤王 …… 149

第九十五回　張獻忠偽降熊文燦　楊嗣昌陷歿盧象升 …… 161

第九十六回　失襄陽庸帥自裁　走河南逆闖復熾 …… 173

第九十七回　決大河漂沒汴梁城　通內線恭進田妃烏 …… 185

第九十八回　擾秦楚闖王僭號　掠東西獻賊橫行 …… 197

第九十九回　周總兵寧武捐軀　明懷宗煤山殉國 …… 209

第一百回　乞外援清軍定亂　覆半壁明史收場 …… 223

第八十一回　聯翠袖相約乞榮封　服紅丸即夕傾大命

卻說楊鎬覆軍塞外，敗報上聞，盈廷震懼。言官交章劾鎬，當下頒詔逮問，另任兵部侍郎熊廷弼，經略遼東，也賜他尚方寶劍，令便宜行事。廷弼奉命即行，甫出山海關，聞鐵嶺又失，瀋陽吃緊，兵民紛紛逃竄，亟兼程東進。途次遇著難民，好言撫慰，令他隨回遼陽。有逃將劉遇節等三人，縛住正法，誅貪將陳倫，劾罷總兵李如楨，督軍士造戰車，治火器，浚濠繕城，嚴行守禦。又請集兵十八萬，分屯要塞，無懈可擊。滿洲太祖努爾哈赤，探得邊備甚嚴，料難攻入，遂改圖葉赫。葉赫兵盡援絕，眼見得被他滅亡了（詳見《清史演義》，故此處只用虛筆）。

神宗仍日居深宮，就是邊警日至，亦未見臨朝。大學士方從哲，及吏部尚書趙煥等，先後請神宗御殿，召見群臣，面商戰守方略。怎奈九重深遠，竟若無聞，任他苦

第八十一回　聯翠袖相約乞榮封　服紅丸即夕傾大命

口嘵音，只是閉戶不出。半個已死，哪得長生。未幾，王皇后崩逝，尊諡「孝端」，又未幾，神宗得疾，半月不食，外廷雖稍有消息，未得確音。給事中楊漣及御史左光斗等（楊、左兩人特別提出）走謁方從哲，問及皇上安否？從哲道：「皇上諱疾，即詰問內侍，亦不敢實言。」楊漣道：「從前宋朝文潞公，問仁宗疾，內侍不肯言。潞公為首輔，理應一日三問，且當入宿閣中，防有他變。」從哲躊躇半晌，方道：「恐沒有這條故例，奈何？」漣又道：「潞公事明見史傳，況今日何日，還要講究故例麼？」從哲方應諾。實居，應令宰臣與聞，汝等從中隱祕，得毋有他志麼？今公為首輔，是一個飯桶。越二日，從哲方帶領群臣入宮問疾，只見皇太子蹀躞宮前，不敢入內。楊漣、左光斗英會時亦隨著，瞧這情形，急遣人語東宮伴讀王安道：「聞皇上疾亟，不召太子，恐非上意。太子當力請入侍，嘗藥視膳，奈何到了今日，尚蹀躞宮外？」王安轉語太子，太子再四點首，照詞入請，才得入內。唯群臣待至日暮，終究不得進謁。

又過了好幾日，神宗自知不起，乃力疾御弘德殿，召見英國公張維賢，大學士方從哲，尚書周嘉謨、李汝華、黃嘉善、張問達、黃克纘，侍郎孫如遊等，入受顧命。吳道商時已罷去，故未及與列。大旨勗諸臣盡職，勉輔嗣君，寥寥數語，便即命諸臣退朝。

又越二日而崩，遺詔發帑金百萬，充作邊賞，罷一切礦稅，及監稅中官，起用建言得罪

諸臣。太子常洛承統嗣位，是謂光宗，以明年為泰昌元年，上先帝廟號為神宗。總計神宗在位四十八年，壽五十八歲，比世宗享國，尚多三年。明朝十六主中，算是神宗國祚最長，但牽制宮帷，宴處宮禁，賢奸雜用，內外變起，史家謂為亡國禍胎，也並非深文刻論呢。獨下斷語，隱見關係。

話休敘煩，且說光宗登位以後，因閣臣中只一方從哲，不得不簡員補入。從哲籍隸烏程，同里好友沈㴶，曾為南京禮部侍郎，給事中亓詩教等，趨奉從哲，特上疏推薦，並及吏部侍郎史繼階。光宗遂擢沈、史兩人為禮部尚書，入兼閣務。漼初官翰林，嘗授內侍書。劉朝、魏進忠皆漼弟子，漼既入閣，密結二人為內援。後來進忠得勢，鬧出絕大禍祟，好一座明室江山，收拾淨盡，當時都中有「八千女鬼亂朝綱」之謠，八千女鬼即魏字。這且到後再述，先敘那光宗時事。從前鄭貴妃侍神宗疾，留居乾清宮，及光宗嗣位，尚未移居，且恐光宗追念前嫌，或將報復，因此朝夕籌畫，想了一條無上的計策，買動嗣主歡心。看官道是何計？她從侍女內挑選美人八名，個個是明日善睞，纖巧動人，又特地製就輕羅彩繡的衣服，令她們穿著，薰香傅粉，送與光宗受用。另外配上明珠寶玉，光怪陸離，真個是價逾連城，珍同和璧。光宗雖逾壯年，好色好貨的心思，尚是未減，見了這八名美姬，及許多珍珠寶貝，喜得心癢難搔，老老

第八十一回　聯翠袖相約乞榮封　服紅丸即夕傾大命

實實的拜受盛賜。當下將珠玉藏好，令八姬輪流侍寢，快活異常，還記得什麼舊隙。八姬以外，另有兩個李選侍，素來親愛，也仍要隨時周旋。一選侍居東，號為東李，一選侍居西，號為西李。西李色藝無雙，比東李還要專寵。鄭貴妃聯繫西李，日與她往來談心，不到數月，居然膠漆相投，融成一片，所有積愫，無不盡吐。女子善妒，亦善相感，觀此可見一斑。但鄭貴妃是有意聯結，又與尋常不同。貴妃想做皇太后，選侍想做皇后，統是一廂情願。兩人商議妥當，便由選侍出頭，向光宗乞求兩事。光宗因故妃郭氏（應八十九回）病歿有年，只對著鄭貴妃一面，頗覺為難，怎奈選侍再三乞請，也只好含糊答應。不念生母王恭妃牽衣訣別時耶？一日挨一日，仍未得冊立的諭旨，鄭貴妃未免著急，又去託選侍催請。可巧光宗生起病來，旦夕宣淫，安得不病？一時不便進言，只好待病痊以後，再行開口。偏偏光宗的病，有增無減，急得兩人非常焦躁，不得已借問疾為名，偕入寢宮，略談了幾句套話，便問及冊立日期。此時光宗頭昏目暈，無力應酬，禁不起兩人絮聒，索性滿口應承，約定即日宣詔，命禮部具儀。可恨貴妃老奸巨猾，偏要光宗親自臨朝，面諭群臣，一步不肯放鬆，煞是凶狡。光宗無可奈何，勉強起床，叫內侍扶掖出殿，召見大學士方從哲，命尊鄭貴妃為皇太后，且說是先帝遺命，應速令禮部具儀，不得少緩。先帝遺命，胡至此時才說。言已，即呼

內侍扶掖還宮。從哲本是個糊塗蟲，三字最配從哲。不管什麼可否，便將旨意傳飭禮部。侍郎孫如遊奮然道：「先帝在日，並未冊鄭貴妃為后，且今上又非貴妃所出，此事如何行得？」遂上疏力諫道：：

自古以配而后者，乃敵體之經，以妃而后者，則從子之義。故累朝非無抱衾之愛，終引割席之嫌者，以例所不載也。皇貴妃事先帝有年，不聞倡議於生前，而顧遺詔於逝後，豈先帝彌留之際，遂不及詳耶？且王貴妃誕育陛下，豈非先帝所留意者？乃恩典尚爾有待，而欲令不屬毛離裡者，得母其子，恐九原亦不無怨恫也。鄭貴妃賢而習禮，處以非分，必非其心之所樂，書之史冊，將為盛代典禮之累，且昭先帝之失言，非所為孝也。中庸稱達孝為善繼善述，傳之後裔，則以遵命為孝，義可行，則以遵禮為孝，臣不敢奉命！

此疏一上，光宗約略覽過，便遣內監齎示鄭貴妃。鄭貴妃怎肯罷休，還想請光宗重行宣詔，無如光宗病勢日重，勢難急辦，乃令內醫崔文升，入診帝疾。文升本不是個國醫手，無非粗讀過幾本方書，便自命為知醫，診過帝脈，說是邪熱內蘊，應下通利藥品，遂將大黃、石膏等類，開入方劑，撮與帝飲；服了下去，頓時腹痛腸鳴，瀉洩不

第八十一回　聯翠袖相約乞榮封　服紅丸即夕傾大命

止，一日一夜，下痢至四十三次，送終妙手。接連數日，害得光宗氣息奄奄，支離病榻。原來光宗肆意宣淫，日服春藥，漸漸的陽涸陰虧，哪禁得殺伐峻劑，再行下去！一洩如注，委頓不堪，噴有煩言。都說鄭貴妃授意文升，致帝重疾。外家王、郭二戚，且遍謁朝臣，泣愬宮禁危急，鄭、李交崇等情。於是楊漣、左光斗與吏部尚書周嘉謨，往見鄭貴妃兄子養性，責以大義，要他勸貴妃移宮，並請收還貴妃封后成命。鄭貴妃恐惹大禍，勉強移居慈寧宮，就是冊尊貴妃的前旨，亦下詔撤銷。尋命禮部侍郎何宗彥、劉一燝、韓及南京禮部尚書朱國祚，並為禮部尚書，兼東閣大學士，入參機務。又遣使召用葉向高。韓、劉在京，先行入直，給事中楊漣，見閣臣旋進旋退，毫無建白，獨抗疏劾崔文升道：

賊臣崔文升，不知醫理，豈宜以宗社神人託重之身，妄為嘗試？如其知醫，則醫家於有餘者洩之，不足者補之，皇上哀毀之餘，一日萬幾，於法正宜清補，文升反投相伐之劑。然則流言藉藉，所謂興居之無節，侍御之蠱惑，必文升藉口以蓋其誤藥之奸，冀掩外廷攻擊也。如文升者，既益聖躬之疾，又損聖明之名，文升之肉，文升調護府第有年，不聞用藥謬誤，皇上一用文升，倒置若此，有心之誤耶？無心之誤耶？有心則齏粉不足償，無心則一誤豈可再誤？皇上奈何置賊臣於肘腋間哉？應請飭下

法司嚴行審問，量罪懲處，以儆賊臣，則宮廷幸甚！宗社幸甚！

這疏上後，過了一天，光宗傳錦衣官宣召楊漣，並召閣臣方從哲、劉一燝、韓及英國公張維賢，並六部尚書等入宮，眾臣都為楊漣擔憂，總道他抗疏得罪，將加面斥。獨楊漣毫不畏懼，坦然入謁，隨班叩見。光宗注目視漣，也沒有什麼吩咐。遲了半晌，乃宣諭群臣道：「國家事機叢雜，暫勞卿等盡心，朕當加意調理，俟有起色，便可視朝。」群臣稟慰數語，奉旨退出。越日又復召見，各大臣魚貫進去，但見光宗親御暖閣，憑幾斜坐，皇長子由校侍立座側，當下循例叩安，由光宗面諭道：「朕逑見卿等，心中甚慰。」說畢微喘。從哲叩首道：「聖躬不豫，還須慎服醫藥。」光宗道：「朕不服藥，已十多日，大約是怕瀉之故。現有一事命卿：選侍李氏，侍朕有年，皇長子生母薨逝，也賴選侍撫養（王選侍之歿，就此帶出），勤勞得很，擬加封為皇貴妃。」言甫畢，忽屏後有環珮聲，鏗鏘入耳，各大臣向內竊窺，只見屏幃半啟，微露紅顏，嬌聲呼皇長子入內，隱約數語，復推他使出。光宗似已覺著，側首回顧，巧與皇長子打個照面。皇長子即啟奏道：「選侍娘娘乞封皇后，懇父皇傳旨。」光宗默然不答，當由從哲奏請道：「殿下年漸侍得隨意驅使，是真視光宗如傀儡者。各大臣相率驚詫，當由從哲奏請道：「殿下年漸

第八十一回 聯翠袖相約乞榮封 服紅丸即夕傾大命

鴻臚寺丞李可灼，謂有仙方可治帝疾，居然上疏奏陳。光宗乃再宣召眾大臣，入問道：「鴻臚寺官有仙方，目今何在？」從哲叩首道：「李可灼已到，謁見禮畢，便命他上前診脈。可灼口才頗佳，具言致病原由，及療治合藥諸法。諺言『識真病，賣假藥』，便是這等醫生。光宗心喜，便令出去和藥。一面復語群臣，提及冊立李選侍，並云李選侍數生不育，只有一女，情實可憐。死在目前，還念念不忘選侍，光宗可謂多情。從哲等齊聲奏稱，當早日具儀，上慰聖懷。光宗覆命皇長子出見，顧諭群臣道：「卿等他日輔導朕兒，須使為堯、舜，朕亦瞑目。」從哲等方欲有言，但聽光宗又諭道：「壽宮尚無頭緒，奈何？」從哲等復齊聲道：「先帝陵寢，已經齊備，乞免聖慮！」光宗唏噓道：「便是朕的壽宮。」從哲等復齊聲道：「聖壽無疆，何遽言此！」光宗用手自指道：「朕已自知病重了。但望可灼的仙藥，果有效驗，或可延年。」語至此，已氣喘吁吁的不得，用手一揮，飭諸臣退去。

光宗痰喘吁吁道：「且、且去叫他進來！」左右即奉命出召，少頃，可灼已到，謁見禮畢，便命他上前診脈。可灼口才頗佳，具言致病原由，及療治合藥諸法。諺言「識真病，賣假藥」，便是這等醫生。光宗心喜，便令出去和藥。

長成，應請立為太子，移居別宮。」光宗道：「他起居服食，尚靠別人調護，別處如何去得？卿等且退，緩一二天，再當召見。」大眾叩首趨出。

012

諸臣甫出宮門，見可灼踉蹌趨入，便一同問訊道：「御藥已辦好麼？」可灼出掌相示，乃是一粒巴豆大的紅丸。吃下就死，比巴豆還要厲害。大眾也不遑細問，讓可灼進去，一群兒在宮門外小憩，聽候服藥消息。約過一時，有內侍趨出，傳語：「聖上服藥後，氣喘已平，四肢和暖，想進飲食，現在極贊可灼忠臣呢。」諸臣方歡躍退去。到了傍晚，從哲等又至宮門候安，適見可灼出來，亟問消息，可灼道：「皇上服了丸藥，很覺舒暢，唯恐藥力易竭，更進一丸，服了下去，暢快如前，聖體應可無礙了。」從哲等才放心歸去。不期到了五鼓，宮中傳出急旨，召群臣速進宮。各大臣等慌忙起床，連盥洗都是不及，匆匆的著了冠服，趨入宮中。但聽宮中已經舉哀，光宗於卯刻已經歸天了。這是紅丸的效力。

看官！你道紅丸以內，是何藥合成？原來是紅鉛為君，參茸等物為副，一時服下，覺得精神一振，頗有效驗，但光宗已精力衰憊，不堪再提，況又服了兩顆紅丸，把元氣一概提出，自然成了脫症，不到一夜，即至告終。這數語恰是醫家正鵠，崔文升、李可灼等曉得什麼？諸臣也無詞可說，只得入宮哭臨。誰知到了內寢，又有中官出來阻住，怪極。楊漣上前抗聲道：「皇上大行，尚欲阻群臣入臨，這是何人意見，快快說來！」中官知不可阻，乃放他進去。哭臨禮畢，劉一燝左右四顧，並不見

第八十一回　聯翠袖相約乞榮封　服紅丸即夕傾大命

有皇長子，乃啟問道：「皇長子何在？」問了數聲，沒人回答。一燝憤憤道：「哪個敢匿新天子？」言未已，東宮伴讀王安，入白選侍，見選侍挽著皇長子，正與太監李進忠密談。進忠何多？王安料他有詐，亟稟選侍道：「大臣入臨，皇長子正宜出見，俟大臣退去，即可進來。」選侍乃放開皇長子，當由王安雙手掖引，疾趨出門。進忠暗令小太監等，追還皇長子，方在攬袪請返，被楊漣大聲喝斥，才行退去。一燝與張維賢等，遂掖皇長子升輦，至文華殿，各向他俯伏，山呼萬歲，返居慈慶宮，擇日登極。李選侍與李進忠祕議，才不得行。原來李選侍奉侍帝疾，入居乾清宮，至光宗殯天，意欲挾持皇長子，迫令群臣，先冊封自己為后，然後令他登位。偏被閣臣等強行奪去，急得沒法，想令進忠帶同內侍，劫皇長子入宮，可奈錦衣帥駱思恭，受閣臣調遣，散布緹騎，內外防護，那時宮內陰謀，幾成畫餅，罪有專歸，於是移宮案、紅丸案同時發生，紛紛爭議。史官以前痛陳李可灼誤投峻劑，後有移宮、紅丸兩案，共稱三案。小子有詩嘆道：

有梃擊一案，
疑案都從內孽生，盈廷聚訟至相爭。
由來叔世多如此，口舌未銷國已傾。

畢竟移宮、紅丸兩案,如何辦理,容待下回表明。

光宗之昏淫,甚於神宗,即李選侍之蠱惑,亦甚於鄭貴妃。鄭貴妃專寵數十年,終神宗之世,不得為后。光宗甫經踐祚,李選侍遽思冊封,是所謂一蟹不如一蟹,每況而愈下者。然莫為之前,即無後起,有神宗之嬖鄭貴妃,始有光宗之寵李選侍。且鄭貴妃進獻美姬,戕賊光宗,又令不明醫理之崔文升,進以洩藥,一瀉如注,剝盡真元,雖無李可灼之紅丸,亦難永祚。是死光宗者實鄭貴妃,而貴妃之致死光宗,尤實自神宗貽之。至如李選侍之求為皇后,以及挾皇長子,據乾清宮,皆陰承貴妃之教而來。不有楊、左,庸鄙如方從哲輩,能不為選侍所制乎?故君子創業垂統,必思可繼,不惑聲色,不殖貨利,其所以為子孫法者,固深且遠也。

第八十一回　聯翠袖相約乞榮封　服紅丸即夕傾大命

第八十二回 選侍移宮詔宣舊惡　庸醫懸案彈及輔臣

卻說移宮、紅丸兩案，同時發生，小子一時不能並敘，只好分案敘明。李選侍因前計不成，非常憤懣，必欲據住乾清宮，與皇長子同居。廷臣等均言非是，當由御史左光斗，慨然上疏道：

內廷有乾清宮，猶外廷之有皇極殿也，唯皇上御天居之。唯皇后配天，得共居之。其他妃嬪，雖以次進御，不得恆居，非但避嫌，亦以別尊卑也。今選侍既非嫡母，又非生母，儼然尊居正宮，而殿下乃退處慈慶，行大禮，名分倒置，臣竊惑之。且殿下春秋十六齡矣，內輔以忠直老成，外輔以公孤卿貳，何慮乏人？尚須乳哺而襁負之哉？及今不早斷決，將借撫養之名，行專制之實，竊恐武氏之禍，再見於今，此正臣所不忍言也。伏乞殿下迅速裁斷，毋任遷延！數語未免太激，卒至禍及殺身。

第八十二回　選侍移宮詔宣舊惡　庸醫懸案彈及輔臣

疏入，為李選侍所聞，氣得柳眉倒豎，杏靨改容，便與李進忠商量，借議事為名，邀皇長子入乾清宮。進忠奉命往邀，甫出宮門，巧與楊漣相值。漣即問選侍何日移宮？進忠搖手道：「李娘娘正在盛怒，令我邀請殿下入議，究治左御史武氏一說。」漣故作驚詫道：「錯了錯了！幸還遇我。皇長子今非昔比，李娘娘若果移宮，他日自有封號。你想皇長子年已漸長，豈無識見，你等也應轉稟李娘娘，凡事三思而行，免致後悔。」進忠默然退去。既而登極有期，仍未得選侍移宮消息，直至登極前一日，選侍尚安居如故。楊漣忍耐不住，即挺身上疏道：

先帝升遐，人心危疑，咸謂選侍外託保護之名，陰圖專擅之實，故力請殿下暫居慈慶，欲先撥別宮而遷之，然後奉駕還宮。蓋祖宗之宗社為重，宮幃之恩寵為輕，此臣等之私願也。今登極已在明日矣，豈有天子偏處東宮之禮？

先帝聖明，同符堯、舜，徒以鄭貴妃保護為名，病體之所以沉重，醫藥之所以亂投，人言藉藉，至今抱痛，安得不為寒心？懲前毖後，斷不能不請選侍移宮。臣言之在今日，殿下行之，亦必在今日。閣部大臣，從中贊決，毋容洩洩，以負先帝憑幾輔殿下之託，亦在今日。時不可失，患宜預防，幸殿下垂鑑，迅即採行！

楊漣一面拜疏，一面往催方從哲，令速請選侍移宮。從哲徐徐道：「少緩幾日，亦屬無妨。」漣急語道：「天子不應再返東宮，選侍今日不移，亦沒有移居的日子了，這事豈可少緩？」火焦鬼碰著慢醫生，真要氣煞！劉一燝、韓亦正在側，也語從哲道：「明日系登極期，選侍亟應移宮，我等不如同去請旨便了。」從哲不得已，相偕至慈慶宮門。當有內侍出來，問明底細，便道：「難道不念先帝舊寵麼？」漣本聲若洪鐘，更兼此時焦躁已極，越覺響激，震入宮中。皇長子令中官傳旨，語諸人道：「選侍娘娘，已請選侍移宮，諸臣少安無躁。大眾聞言，佇立以待。嗣見司禮監王安趨出，語諸人道：「選侍娘娘，已移居仁壽殿了，改日當再徙噦鸞宮。」劉一燝等都有喜色，且以王安人素誠信，當無詐言，遂相率退歸。現更奉殿下特旨，收系李進忠、田詔、劉朝等人，因他私盜寶藏，為此究辦。」嗣日皇長子由校，即皇帝位，是為熹宗，詔赦天下，當下議改元天啟。唯神宗於七月崩逝，光宗於九月朔日又崩，當時曾有旨於次年改元泰昌，至是又要改元，連泰昌二字，都未見正朔，或議削泰昌勿紀，或議去萬曆四十八年，即以本年為泰昌，後年為天啟元年，大家爭議未決。還是御史左光斗，請就本年八月以前為萬曆，八月以後為泰昌，明年為天啟，最是協情合理。眾人也都贊成，熹宗隨即聽從。朝賀禮

第八十二回　選侍移宮詔宣舊惡　庸醫懸案彈及輔臣

成，沒甚變事，過了數日，忽由御史賈繼春，上書閣臣，書中略云：

天地之大德曰生，聖人之大德曰孝。先帝命諸臣輔皇上為堯、舜，堯、舜之道，孝弟而已矣。父有愛妾，其子當終身敬之不忘。先帝之於鄭貴妃，三十餘年天下側目之隙，但以篤念皇祖，渙然冰釋。何不輔皇上取法，而乃作法於涼？縱云選侍原非淑德，亦有舊恨，此亦婦人女子之常態。先帝彌留之日，親向諸臣，諭以選侍產育幼女，啼噓情事，草木感傷，而況我輩臣子乎？伏願閣下委曲調護，令李選侍得終天年，皇幼女不慮意外，是即所謂孝弟之道也。唯陛下實圖利之！

閣臣方從哲等，接到此書，又覺得左右為難，惶惑未定。左光斗得知此事，往見閣臣道：「這也何難取決。皇上還居乾清，選侍自當移宮。唯移宮以後，不要再生枝節，多使選侍不安。現在李進忠、田詔等，既已犯法，應該懲治，此外概從寬政，便是仁孝兩全了。」從哲等依違兩可，光斗遂將自己意見，登入奏牘。哪知諭旨下來，竟暴揚選侍罪狀，其詞道：

朕幼沖時，選侍氣凌聖母，成疾崩逝，使朕抱終天之恨。皇考病篤，選侍威挾朕躬，傳封皇后，朕心不自安，暫居慈慶，選侍復差李進忠等，命每日章奏文書，先奏選

020

侍，方與朕覽。朕思祖宗家法甚嚴，從來有此規制否？朕今奉養選侍於噦鸞宮，仰遵皇考遺愛，無不體悉。其李進忠、田詔等，盜庫首犯，事干憲典，原非株連，卿等可傳示遵行。

方從哲等讀完諭旨，相顧驚愕。乃由從哲主張，封還原諭，且具揭上言，陛下既仰體先帝遺愛，不應再有暴揚等情。熹宗不聽，仍將原諭發抄，頒告天下。尋又葬神宗帝后於定陵，追諡皇妣郭氏為孝元皇后，尊生母王氏為孝和皇太后。葬光宗帝后於慶陵，具儀發喪，正忙個不了。李選侍已移居噦鸞宮，不料宮內失火，勢成燎原，虧得內有宮侍，外有衛卒，從火光熊熊中，扶出選侍母女兩人。這火起自夜間，倉猝得很，餘物不及搶救，盡付灰燼。當時群閹懼譴，已造蜚言，選侍已經投繯，其女亦已投井，種種謠言，喧傳宮禁。無非是李進忠一黨人物。熹宗也有所聞，忙頒諭朝堂，略說：「選侍、皇妹，均屬無恙。」賈繼春又致書閣中，竟有「皇八妹入井誰憐，未亡人雉經莫訴」等語。給事中周朝瑞，謂繼春造言生事，具揭內閣。繼春又不肯相下，雙方打起筆墨官司來。楊漣恐異議益滋，申疏述移宮始末，洋洋灑灑，差不多有數千言，小子錄不勝錄，只好節述大略。其文云：

第八十二回　選侍移宮詔宣舊惡　庸醫懸案彈及輔臣

前選侍移宮一事，護駕諸臣知之，外廷未必盡知。移宮以後，蜚語忽起，有謂選侍徒跣跟蹌，欲自裁處，皇妹失所，至於投井。或傳治罪璫過甚，或稱由內外交通。臣謂寧可使今日惜選侍，無使移宮不早，不幸而成女后垂簾之事。況迭奉聖諭，選侍居食恩禮有加，噦鸞宮火，復奉有選侍、皇妹無恙之旨，方知皇上雖念及於孝和皇太后之哽咽，仍念及于光宗先帝之唏噓。海涵天蓋，盡仁無已。

伏乞皇上採臣戇言，更於皇弟皇妹，時勤召見諭安，不妨曲及李選侍者，酌加恩數，遵愛先帝之子女，當亦聖母在天之靈所共喜也。

光宗閱畢，下旨褒獎，又特諭群臣，仍陳選侍過惡。略云：

朕沖齡登極，開誠布公，不意外廷乃有謗語，輕聽盜犯之訛傳，釀成他日之實錄，誠如科臣楊漣所奏者，朕不得不再申諭以釋群疑。九月初一日，皇考殯天，諸臣入臨畢，請朝見朕，李選侍阻朕於暖閣，司禮官固請，既許而後悔。又使李進忠牽朕衣，至再至三。朕至乾清宮丹陛上，大臣扈從前導，選侍又使李進忠請回者，當時景象，危乎安乎？當避宮乎？不當避宮乎？初一日朕至乾清宮，朝見選侍畢，恭送梓宮於仁智殿，選侍差人傳朕，必欲再朝見方回，各官皆所親見，明是威挾朕躬，垂簾聽政之意。朕蒙皇考命依選侍，朕不住彼宮，飲食衣服，皆皇祖皇考所賜，每日僅往彼一

見，因之懷恨，凌虐不堪。若避宮不早，則彼爪牙成列，朕亦不知如何矣。既毆崩聖母，又每使宮眷王壽花等，時來探聽，不許朕與聖母舊人通一語，朕之苦衷，外廷不能盡知，今停封以慰皇考之靈，奉養以尊皇考之意，該部亦可以仰體朕心矣。臣工私於李黨，不顧大義，諭卿等知之，今後毋得植黨背公，自生枝節！

這諭下後，御史王養浩等又上言「毆崩聖母」四字有傷先帝盛德，不宜形諸諭旨，垂示後世。此折留中不報。還有與繼春同黨的人，詆漣內結王安，私圖封拜，漣遂乞歸。繼春出按江西，且馳疏自明心跡。熹宗降旨切責，次年以繼春擅造入井雉經等語，放歸田里，永不敘用。後至魏閹專權，矯旨封李選侍為康妃，這系後話慢表。

唯有李可灼呈入紅丸一案，當光宗初崩時，已由方從哲擬詔賞給可灼銀五十兩。總算酬謝他送命的功勞。朝臣嘖有煩言，以可灼誤下劫劑，不無情弊，卻為何還要給賞？即由御史王安舜首先爭論，上疏極諫道：

醫不三世，不服其藥。先帝之脈，雄壯浮大，此三焦火動，面唇赤紫，滿面火升，食粥煩躁，此滿腹火結。宜清不宜助，明矣。紅鉛乃婦人經水，陰中之陽，純火之精也，而以投於虛火燥熱之症，幾何不速之死乎？然醫有不精，猶可藉口，臣獨恨其膽之

第八十二回　選侍移宮詔宣舊惡　庸醫懸案彈及輔臣

大也。以中外危疑之日，而敢以無方無制之藥，假言金丹，輕亦當治以庸醫殺人之條，乃蒙殿下頒以賞格，臣謂不過藉此一舉，塞外廷之議論也。夫輕用藥之罪固大，而輕薦庸醫之罪亦不小，不知其為謬，猶可言也，以其為善而薦之，不可言也。伏乞殿下改賞為罪，徹底究辦！

看這疏中語味，還說李可灼不過誤醫，就是提及薦醫的人，也未嘗指出姓名，沒有什麼激烈。從哲乃改為奪可灼罰俸一年。及熹宗即位，御史鄭宗周復劾崔文升罪，請下法司。從哲又擬旨令司禮監察處。於是御史馮三元、焦源溥、郭如楚，給事中魏應嘉，太常卿曹珖，光祿少卿高攀龍，主事呂維祺，交章論崔、李罪狀，並言：「從哲徇庇，國法何在！」給事中惠世揚，竟直糾從哲十罪三可誅，疏中有云：

方從哲獨相七年，妨賢病國，罪一；驕蹇無禮，失誤哭臨，罪二；挺擊青宮，庇護奸黨，罪三；恣行凶臆，破壞絲綸，罪四；縱子殺人，蔑視憲典，罪五；阻抑言官，蔽塞耳目，罪六；寬議撫臣，罪七；徇私罔上，陷城失律，覆沒全師，罪八；貴妃求封后，舉朝力爭，從哲依違兩可，罪九；代營權稅，蠹國殃民，罪十。貴妃乃鄭氏私人，從哲受其宮奴所盜美珠，欲封為貴妃，又聽其久據乾鼎鉉貽羞，當誅者一；選侍崔文升用洩藥，傷損先帝，廷臣交章言之，從哲擬為脫罪，李可灼進劫清，當誅者二；崔文升

藥，以致先帝駕崩，從哲反擬加賞，律以春秋大義，弒君之罪何辭，當誅者三。如此尤任其當國，朝廷尚有法律耶？務乞明正典刑，以為玩法無君者戒！

看官！你想方從哲尚有人心，到了此時，還有什麼臉面，在朝執政？當即上表力辭，疏至六上，乃命進中極殿大學士，賞銀幣蟒衣，允他致仕。從哲尚有廉恥，較之嚴分宜輩，相去多矣。但從哲雖已辭職，尚羈居京師。崔、李二人，終未加罪。御史焦源溥、傅宗龍、馬逢皋、李希孔，及光祿少卿高攀龍等，又先後劾奏崔、李二人。既而禮部尚書孫慎行，又追劾李可灼進紅丸事，並斥從哲為弒逆。略云：

李可灼進紅藥兩丸，實原任大學士方從哲所進。未免鍛鍊。夫可灼官非太醫，紅丸不知何藥，乃敢突然進呈，昔許悼公飲世子藥而卒，世子即自殺，春秋猶書之為弒，然則從哲宜何居？速引劍自裁，以謝先帝，義之上也。合門席藁以待司寇，義之次也。乃悍然不顧，至舉朝共攻可灼，僅令罰俸，豈以已實薦灼，恐與同罪，可灼可愛，而先帝可忍乎？縱無弒之心，卻有弒之事，欲辭弒之名，難免弒之實。即有百口，亦無能為天下萬世解矣。陛下以臣言有當，速嚴兩觀之誅，並將李可灼嚴加考問，置之極刑。若臣言無當，即以重典治臣，亦所甘受，雖死何辭！

第八十二回　選侍移宮詔宣舊惡　庸醫懸案彈及輔臣

這疏上去，有旨令廷臣集議。大臣到了一百十餘人，多以原奏為是，紛紛欲罪從哲。獨刑部尚書黃克纘，御史王志道、徐景濂，給事中汪慶百數人，頗袒從哲。也上疏辯駁，結末有「請削官階，願投四裔，以謝先帝並謝天下」等語。熹宗令閣臣六卿，再行慎議。大學士韓爌進藥始末，吏部尚書張問達，戶部尚書汪應蛟等，亦將始末具陳。大旨言：「可灼自請進藥，由先帝召問，命他和丸急進，非但從哲未能止，即臣等亦未能止。從哲坐罪，臣等均應連坐。唯從哲擬賞可灼，僅令罰俸，論罪太輕，實無以慰先帝、服中外，宜如從哲請，削奪官階，為法任咎。至可灼罪不容誅，崔文升先進大黃涼藥，罪比可灼尤重，法應並加顯戮，藉洩公憤」云云。熹宗乃命將可灼遣戍，文升放南京，唯從哲仍不加罪。孫慎行見公論難伸，引疾歸田。後來尚寶司少卿劉志選，反劾孫慎行妄引經義，誣毀先帝，更及皇上。得旨令宣付史館，且赦免可灼。看官！你道熹宗出爾反爾，是何理由？原來即位以後，寵用魏閹，可灼、文升等人，俱向魏閹賄託，魏閹權焰薰天，無論什麼大事，均可由他主張，何論這文升、可灼兩人呢？小子聞當時有一道士，作歌市中云：

　　委鬼當頭立，茄花滿地紅。

「委鬼」二字，明指「魏」姓，「茄花」二字，應作何解，看官少安毋躁，容小子下回說明。

移宮、紅丸兩案，群議紛滋，直擾擾至明亡而止。平心論之，選侍之應即移宮，與紅丸之應罪可灼，議之最正者也。楊、左等之主張此議，正大光明，何私何疑？但斥選侍為武氏，與李可灼之有心弒逆，則太苛太激，未免不平。方從哲之過，在失之模稜，必謂其勾通選侍，授意可灼，亦覺深文周內，令人難堪。晉伯宗好直言，卒致及難，楊、左等讀書有素，寧未聞之。熹宗不明，暴揚選侍過惡，不留餘地，而可灼、文升之應加罪，反遷延不發，嗣雖一戍一放，乃久後復有赦免之旨，如此昏憒，不值一爭。良禽擇木而棲，良臣擇主而事，如楊、左諸臣，毋乃失先幾之智乎？

第八十二回　選侍移宮詔宣舊惡　庸醫懸案彈及輔臣

第八十三回　大吃醋兩魏爭風　真奇冤數妃畢命

卻說道士作歌都市，有「委鬼當頭立，茄花滿地紅」二語，「委鬼」二字相拼，便是「魏」字，「茄花」究屬何指，據明史上說及，「茄」字拆開，便是「客」字。此語未免牽強。小子愚昧，一時未能明析，只好照史謄錄，看官不要貽笑。

閒文少敘，原來熹宗有一乳母，叫做客氏，本是定興縣民侯二妻室，生子國興，十八歲進宮。又二年，侯二死了，客氏青年守孀，如何耐得住寂寞？況且她面似桃花，腰似楊柳，性情軟媚，態度妖淫，彷彿與南子、夏姬同一流的人物。不過在宮哺乳，未能出外，朝夕同處，無非是宮娥太監等人，就使暗地懷春，也無從覓一雄狐，替她解悶。事有湊巧，偏司禮監王安屬下，有一魏朝，性甚儇黠，頗得熹宗寵愛，隨時出入宮中。他見客氏貌美，非常垂涎，趁著空隙，常與客氏調笑，漸漸的親暱起

第八十三回　大吃醋兩魏爭風　真奇冤數妃畢命

來，遂至捏腰摸乳，無所不至。既而熹宗漸長，早已輟乳，客氏仍留居宮禁，服侍熹宗，唯職務清閒，比不得從前忙碌。一夕，正在房中閒坐，驀見魏朝入內，寒暄數語，朝復施出故技，逗引客氏，惹得客氏情急，紅潮上臉，恨恨的說道：「你雖是個男子，與我輩婦人相同，做此醜態何為。」朝嬉笑道：「婦人自婦人，男子自男子，迥不相同，請你自驗！」客氏不信，竟伸手摸他胯下，誰知白鳥鶴鶴，與故夫侯二毫無異樣，奇哉怪哉！不禁縮手道：「哪裡來的無賴，冒充太監，我當奏聞皇上，敲斷你的狗脛。」還是割勢最妙！不禁抽身欲走。魏朝四顧無人，竟爾色膽如天，把客氏牽住，擁入羅幃，小子不敢導淫，就此截住褻語。但魏朝本由太監入宮，為何與侯二無二，莫非果真冒充麼？若果可以冒充，宮內盡成真男，倒也普濟宮娥。此中情節，煞費猜疑。相傳魏朝淨身後，仍然牝牡相當，割童子陽物，與藥石同製，服過數次，重複生陽，所以與客氏入幃以後，密névoz祕術，不少減興。魏朝既償了夙願，客氏亦甚表同情，相親相愛，不啻伉儷。朝恐出入不便，教客氏至熹宗前，乞賜對食。什麼叫做對食呢？從來太監淨身，雖已不通人道，但心尚未死，喜近婦女，因此太監得寵，或亦由主上特賜，令他成家授室，只不能生育子女，但相與同牢合巹罷了。自漢朝以後，向有這個名目，或亦稱為伴食，亦稱菜戶。客氏入奏熹宗，熹宗便即允從，自此與魏朝做了對食，

名義上的夫婦，變成實質上的夫婦。實沾皇恩。

魏進忠與魏朝同姓，就此夤緣，得入宮中，進忠初名盡忠，河間肅寧人（書中唯大忠大奸，特表籍貫），少時善騎馬射箭，尤好賭博，嘗與悍少年聚賭，輸資若干，無力償還，被悍少年再三窘迫，憤極自宮。遂與魏朝認了同宗，由他介紹，至熹宗生母王選侍宮內典膳，改名進忠。熹宗省視生母，與進忠相見，進忠奉承唯謹，頗得熹宗歡心。及選侍逝世，進忠失職，魏朝又至王安前，替他說項，改入司禮監屬下。嗣又託客氏進白熹宗，熹宗尚在東宮，記得進忠巧慧，便令他入宮辦膳。進忠善伺意旨，見熹宗性好遊戲，遂令巧匠別出心裁，糊製獅蠻滾球，雙龍賽珠等玩物，進陳左右，鎮日裡與客氏兩人，誘導熹宗，嬉戲為樂。熹宗大喜，遂倚兩人為心腹，幾乎頃刻難離。禍本在此。至熹宗登極，給事中楊漣，曾參劾進忠導上為非，進忠懼甚，泣求魏朝保護。魏朝轉乞王安解免，安乃入奏熹宗，只說是楊漣所參，恐指及選侍宮中的李進忠，同名誤姓，致此訛傳。幸有李進忠代他頂罪，可見名與人同，有利有害。熹宗遂坦然不疑。且恐廷臣再有謬誤，遂教進忠改名忠賢。忠賢深德魏朝，與朝結為兄弟，差不多似至親骨肉一般。都為後文伏筆。魏朝受他籠絡，所有宮中大小事件，無不與忠賢密談，甚至採藥補陽，及與客氏對食等情，也一一說知。逢人須說三分話，未可全拋一片心。忠賢正豔羨

第八十三回　大吃醋兩魏爭風　真奇冤數妃畢命

客氏，只慮胯下少一要物，無從縱慾，此時得了魏朝的祕授，當即如法一試，果然瓜蒂重生，不消數月，結實長大，仍復原陽。乘著魏朝值差的時候，與客氏調起情來。客氏見忠賢年輕貌偉，比魏朝高出一籌，也是暗暗動情，但疑忠賢是淨身太監，未必有此可意兒，所以遇他勾引，不過略略說笑，初不在意。哪知忠賢侍與撲跌，隱動機關，竟按倒客氏，發試新硎，一番鏖戰，延長至二三時，客氏滿身爽適，覺得忠賢戰具遠過魏朝，遂把前日親愛魏朝的心思，一古腦兒移至忠賢身上，嗣是視魏朝如眼中釘。魏朝覺得有異，暗暗偵察，才知忠賢負心，勾通客氏，好幾次與客氏爭鬧。客氏有了忠賢，哪顧魏朝，當面唾斥，毫不留情。水性楊花，至此已極，可為世之軋姘頭者作一棒喝。忠賢知此事已發，索性一不做，二不休，竟占據了客氏，不怕魏朝吃醋。一夕，忠賢與客氏正在房闥，私語喁喁，可巧魏朝乘醉而來，見了忠賢，氣得三屍暴炸，七竅生煙，便伸手去抓忠賢。朝知敵他不過，慌忙閃脫，前日情誼，何處去了。兩人扭做一團，還是忠賢力大，揪住魏朝，毆了數下。客氏哪裡肯讓，也出手來抓魏朝，且扯且鬥，轉了身竟將客氏扯去。忠賢不防這一著，驀見客氏被擁出房，方才追出，魏朝哄打至乾清宮西暖閣外。原來乾清宮東西廊下，各建有平屋五間，向由體面宮人居住。客氏魏朝，也住於此。時熹宗已寢，陡被哄打聲驚醒，急問外面何事？內侍據實陳明，熹宗即將三人

032

召入，擁被問訊。三人跪在御榻前，實供不諱。熹宗反大笑道：「你等都是同樣的人，為何也解爭風？」好一個知情的皇帝。客氏聞言，也沒有什麼羞澀，若稍有廉恥，也不至出此醜事。竟抬起頭來，瞧了忠賢一眼。熹宗瞧見情形便道：「哦哦！朕知道了。今夕應三人分居，明日朕替你斷明。」三人方遵旨自去。誰要你引用忠賢。那客氏真是很辣，想出了一條斬草除根的計策，竟令忠賢假傳聖旨，將魏朝遣戍鳳陽，一面密囑該處有司，待魏朝到戍，勒令縊死。有司奉令遵行，眼見得魏朝死於非命。搶風吃醋之結果，如是如是。

客、魏兩人，從此盤踞宮禁，恃勢橫行，熹宗反越加寵幸，封客氏為奉聖夫人。其子國興，蔭襲官爵。授忠賢兄魏釗，及客氏弟客光先，俱為錦衣千戶。

司禮監王安，持正不阿，目睹客、魏專權，不由的懊恨起來。御史方震孺曾劾奏客、魏，王安亦從中慫恿，請令客氏出宮，忠賢改過。熹宗頗也允從，當將忠賢發安詰責，客氏退出宮外。怎奈熹宗離此兩人，寢不安席，食不甘味，一時雖勉從安請，後來復懷念不忘。客氏得知消息，復夤緣入宮，仍與忠賢同處，日夕謀害王安。也是王安命數該絕，內侍中出了一個王體乾，想做司禮監，與忠賢朋比為奸，往見客氏道：「夫

第八十三回　大吃醋兩魏爭風　真奇冤數妃畢命

人比西李何如？勢成騎虎，無貽後悔。」客氏既有心圖安，又遭體乾一激，忙與忠賢商議，嗾使給事中霍維華，彈劾王安。又令劉朝、田詔等上疏辨冤，說由王安誣陷成獄。忠賢更矯旨赦免劉朝，且命他提督南海子，降安為南海淨軍，勒令自裁。

先是光宗為太子時，憂讒畏譏，賴王安左右調護，始得免禍。及挺擊案起，安又為屬草下諭，解釋群疑，神宗非常信任。及光宗即位，特擢為司禮監，勵行善政，內外稱賢。熹宗嗣祚，又全虧他從中翼助，至是為客、魏陷害，竟至斃命。看官試想！冤不冤呢？善善從長，不以閹人少之。王安既死，忠賢益無忌憚，又有司禮監王體乾為耳目，及李永貞、石元雅、徐文輔等為腹心，李實、李明道、崔文升等為指臂，勢傾內外，炙手可熱。天啟二年，冊立皇后張氏，客、魏二人，自然在內幫忙。大婚禮成，忠賢得蔭姪二人，客氏得賜田二十頃，作為護墳香火的用費。給事中程注、周之綱，及御史王一心等，相繼奏阻，俱遭斥責。又有給事中侯震暘，亦奏斥客、魏，奉詔奪職。吏部尚書周嘉謨，上疏營救，留中不報。嘉謨以霍維華諂附忠賢，把他外調，忠賢益怒，遂陰囑給事中孫傑，糾彈嘉謨朋比輔臣，受劉一燝指使，謀為王安復仇。熹宗遂將嘉謨免官，劉一燝因此不安，亦累疏乞休，特旨允准。葉向高奉詔起用，早已到閣（應八十一

回），見劉、周相繼歸休，不能自默，遂上言：「客氏既出復入，一燁顧命大臣，反不得比保母，令人滋疑，不可不防。」熹宗全然不睬。大學士沈㴶，內通客、魏，令門客晏日華，潛入大內，與忠賢密議，勸開內操。忠賢大喜，遂令錦衣官召募兵士，得數千人，居然在宮禁裡面，演操起來，鉦鼓炮銃的聲音，震動宮闈。皇長子生未滿月，竟被驚死。既而內標增至萬人，衷甲出入，肆行無忌。內監王進嘗試銃帝前。銃炸傷手，餘火亂爆，險些兒傷及熹宗。熹宗反談笑自若，不以為意。所有正士鄒元標、文震孟、馮從吾等，俱因積忤忠賢，一併斥逐。更引用顧秉謙、朱延禧、朱國楨、霍維華、魏廣微一班人物，入閣辦事。秉謙、廣微庸劣無恥，但知諂附忠賢，因得幸進。霍維華、孫傑等，且優升京堂。總之宮廷以內，知有忠賢，不知有熹宗，只教忠賢如何處斷，便可施行。客氏尤淫凶得很，平日與光宗選侍趙氏，素不相容，她竟與忠賢設計，矯旨賜趙選侍自盡。選侍慟哭一場，盡出光宗所賜珍玩，羅列座上，拜了幾拜，懸梁畢命。裕妃張氏，因言語不慎，得罪客氏，客氏蓄恨多時，會張妃懷妊，約已數月，偏由客氏暗入讒言，只說張妃素有外遇，懷孕非真帝種，頓時惹動熹宗疑心，把她貶入冷宮。客氏禁膳夫進食，可憐一位受冊封妃的御眷，活活的餓了好幾日，竟至手足疲軟，氣息僅屬。會值天雨，張妃匍匐至簷下，飲了簷溜數口，無力返寢，宛轉啼號，竟死簷下。客氏之肉，其

第八十三回　大吃醋兩魏爭風　真奇冤數妃畢命

足食乎？馮貴人才德兼優，嘗勸熹宗停止內操，為客、魏所忌，不待熹宗命令，竟誣她誹謗聖躬，迫令自盡。熹宗尚未曾知曉，經成妃李氏從容奏聞，熹宗毫不悲切，置諸不問。哪知客氏恰已得知，又假傳一道聖旨，把成妃幽禁別室。幸成妃已鑑裕妃覆轍，在壁間預藏食物，一禁半月，尚得活命。熹宗忽記及成妃，問明客氏，才知她幽禁有日。自思從前與成妃相愛，曾生過兩女，雖一併未育，究竟餘情尚在，向客氏前替她緩頰，始得放出，結局是斥為宮人，遷居乾西所。熹宗並未與客氏相通，乃受她種種挾制，反不能保全妾妃，令人不解。唯是張皇后素性嚴明，察悉客、魏所為，很是憤恨，每見熹宗，必痛陳客、魏罪惡。熹宗厭她絮煩，連坤寧宮中，都不常進去。一日，閒步至宮，后方據案閱書，聞御駕到來，忙起身相迎。熹宗入視案上，書尚攤著，便向后問道：「卿讀何書？」后正色答道：「是史記中趙高傳。」熹宗默然。隨後支吾數語，便又出去。看官讀書稽古，應知趙高指鹿為馬，是秦二世時一個大權閹，二世信任趙高，遂至亡國，此次張后所覽，未必定是趙高傳，不過借題諷諫，暗指魏忠賢，提醒熹宗，熹宗昏迷不悟，倒也罷了，偏這客、魏兩人，賊膽心虛，竟賣囑坤寧宮侍女，謀害張后，是時后亦懷娠，腰間覺痛，由侍女替她捶腰，侍女暗施手術，竟將胎孕傷損。過了一日，遂成小產。一個未滿足的胎形，墮將下來，已判男女，分明是一位麟兒，坐被客、魏用

036

計打落，小人女子之難養，一至於此。熹宗從此絕嗣。小子有詩嘆道：

王聖、趙嬈無此惡，江京、曹節且輸凶。
一朝遺脈傷亡盡，從此朱明便覆宗。

客、魏既計墮后胎，還要捏造謠言，汙衊張后。說將起來，令人髮指，小子演述下去，也不禁氣憤起來，姑將禿筆暫停，少延片刻再敘。

是回曆敘客、魏入宮，非法妄為等情事，魏忠賢與魏朝，同爭客氏，明明是宮中醜史，稍有心肝之人主，應早動怒，一併攛逐，何物熹宗，反將客氏斷與忠賢，坐令穢亂而不之防！吾恐桀、紂當日，亦未必昏迷至此。客、魏見熹宗易與，自然日肆譸張，忠賢陰狠，客氏淫凶，兩人相毗，何事不可為，如斥正士，引匪類，尚意中事，甚至欲喪龍種，於已生之皇長子，則震死之，於懷妊之裕妃張氏，則勒死之，於張皇后已孕之兒胎，則墮死之。熹宗均不加察，仍日加信任，此而欲不亡國絕種得乎？自古權閹，莫甚於魏賊，自古乳媼，亦莫甚於客氏，讀此回而不憤發者，吾謂其亦無心肝。

第八十三回　大吃醋兩魏爭風　真奇冤數妃畢命

第八十四回 王化貞失守廣寧堡　朱燮元巧擊呂公車

卻說熹宗皇后張氏，本祥符人張國紀女，國紀由女得封，授太康伯，客、魏嘗欲傾后，無詞可謗，左思右想，竟造出一種蜚言，謂后非國紀女，乃是系獄海寇孫官兒所出，想入非非。且揚言將修築安樂堂，遣后居住。安樂堂在金海橋西，從前孝宗生母紀氏，為萬貴妃所構害，謫居於此。此時欲張后入居，明明是諷勸熹宗，實行廢后故事。熹宗不願允從，還算有一線明白。客氏還不肯罷休，適歸家省母，母極力勸止，悚以危言，方才擱過一邊。

看官聽著！小子敘述客、魏行事，多半是假傳聖旨，難道熹宗果耳無聞、目無見麼？我亦動疑。原來熹宗頗有小慧，喜弄機巧，刀鋸斧鑿，丹青髹漆等件，往往親自動手，嘗於庭院中作小宮殿，形式仿乾清宮，高不過三四尺，曲折微妙，幾奪天工。宮中

第八十四回　王化貞失守廣寧堡　朱燮元巧擊呂公車

舊有蹴圓堂五間，他又手造蹴圓亭，此外如種種玩具，俱造得異樣玲瓏，絕不憚煩。倒是一個工業家。唯把國家要政，反置諸腦後，無暇考詢。忠賢嘗趁他引繩削墨的時候，因事奏請，熹宗未免厭恨，隨口還報導：「朕知道了，你去照章辦理就是。」至如廷臣奏本，舊制於所關緊要，必由御筆親批；若例行文書，由司禮監代擬批詞，亦必書遵閣稟字樣，或奉旨更改，用硃筆批，號為批紅。熹宗一概委任魏閹，以此魏閹得上下其手，報怨雪恨，無所不為。

魏閹置第宮南，客氏置第宮北，兩屋相去，不過數武，中架過廊一堁，以便交通往來。兩人除每夕肆淫外，統是設計營謀，傾排異己。客氏又在鳳彩門，另置值房一所，或謂客氏雖私忠賢，尚嫌未足，免不得再置面首，就是大學士沈㴶，也曾與客氏結露水緣，是真是假，且勿深考。唯客氏日間在宮，夜間必往私宅，無非尋歡。侍從如雲，不減御駕。燈炬簇擁，遠過明星。衣服華麗似天仙，香霧氤氳如月窟。既至私宅，僕媼等挨次叩頭，或呼老太太，或呼千歲，喧闐盈耳，響徹宮廷。至五更入宮，仍然照舊鋪排，絲毫不減，我說客氏夜來明往，不能與所歡日夕同居，還是失策。客氏又性喜妝飾，每一梳洗，侍女數輩，環伺左右，奉巾理髮，添香簪花，各有所司，不敢少懈；偶欲溼鬢，即選三五美人津液，充作脂澤，每日一易。自云此方傳自嶺南老人，名群仙

040

液，令人老無白髮。天不容你長生，如何是好。又喜效江南妝，廣袖低髻，備極妖冶，宮中相率模仿，唯張皇后很是厭薄，凡坤寧宮侍女，概禁時裝，后雖微有所聞，仍然吾行吾素，不改古風。還有客氏一種絕技，是獨得烹飪的祕訣。熹宗膳餐，必經客氏調視，方得適口，所以客氏得此專寵，恩禮不衰。相傳熹宗不喜近色，所以寵幸客氏者，在此，故特別敘明。

話休敘煩，且說遼東經略熊廷弼，守遼三年，繕完守備，固若金甌，唯廷弼索性剛正，不肯趨附內臣，免不得有人訾議。太監魏忠賢，心中也是恨他，當遣吏科給事中姚宗文，赴遼閱兵。宗文係白面書生，何知軍務。此次奉遣，明是教他需索陋規，廷弼毫無內饋，並且薄待宗文，宗文失望回京，即上疏誣劾廷弼。廷弼便即免官，改任袁應泰為經略。應泰文事有餘，武備不足，把廷弼所定的規律，大半變易，且招降滿洲饑民，雜居遼、瀋二城。滿洲太祖乘勢襲擊，降人多為內應，據了瀋陽，直逼遼陽。應泰登陴督御，偏偏城中自亂，將校潛遁，一時失措，竟被滿洲兵陸續登城。應泰自縊，遼陽又失，遼東附近五十寨，及河東大小七十餘城，盡被滿洲兵占去。都是魏閹拱手奉送。朝議乃再用廷弼，賜宴餞行。急時抱佛腳。

第八十四回　王化貞失守廣寧堡　朱燮元巧擊呂公車

廷弼到山海關，與遼東巡撫王化貞，商議軍務。化貞主戰，廷弼主守，彼此又齟齬起來，兩造各持一說，奏報明廷。起初廷議頗贊成廷弼，嗣因遼陽都司毛文龍，取得鎮江城，報知化貞，化貞遂奏稱大捷，請即進兵。兵部尚書張鶴鳴，輕信化貞，令化貞專力圖遼，不必受廷弼節制，一面偏促廷弼出關，為化貞後援。既教化貞專力圖遼，又令廷弼接應？化貞五次出師，俱不見敵，廷弼請敕化貞慎重舉止，化貞獨上言得兵六萬，可一舉蕩平滿洲。大言不慚。葉向高為化貞座主，頗袒化貞，張鶴鳴尤信任不疑。化貞意氣自豪，出駐廣寧，方擬大舉，哪知滿洲兵已西渡遼河，擊死明副將羅一貫，長驅入境，勢如破竹。化貞即遣愛將孫得功，及參將祖大壽，總兵祁秉忠往援，與滿洲兵交戰平陽橋。得功未敗先奔，陣勢大亂。祁秉忠戰死，大壽遁去。得功潛降滿洲，且欲縛住化貞，作為贄儀，好一個愛將。佯率敗軍逃回廣寧，待滿洲兵一到，即為內應。化貞全然不知，關了署門，整繕文牘。忽有參將江朝棟，排闥入報導：「敵兵來了，請公速行。」化貞莫名其妙，尚在瞠目不答，當由朝棟一把掖住，出署上馬，跟蹌出城。好好一座廣寧城，平白地奉送滿洲，毫不言謝。趣語。

此時廷弼已奉命出關，進次閭陽驛，聞廣寧已經失守，料想不及赴援，遂退屯大凌河。巧值化貞狼狽回來，下馬相見，不禁大哭。絕似一個兒女子，如何去禦敵兵？廷弼

042

微笑道：「六萬軍一舉蕩平，今卻如何？」樂得奚落，難為化貞。化貞帶哭帶語道：「還求經略即速發兵，前截滿人。」廷弼道：「遲了遲了。我只有五千兵，今盡付君，請君抵擋追兵，護民入關！」言未已，探馬來報，孫得功已降滿洲，錦州以西四十餘城，統已失陷。廷弼急將麾下五千人，交給化貞，令他斷後，自與副使高出、胡嘉棟等，焚去關外積聚，護送難民十萬人入關。敗報到了京中，一班言官，也不辨廷弼、化貞的曲直，但說他一概有罪，請即逮問。熹宗糊塗得很，當即照准，飭將二人逮押來京，即交刑部下獄。張鶴鳴懼罪乞休，尋即罷官。

御史左光斗，因廣寧一失，遼事日棘，特薦一老練達的孫承宗，督理軍務。熹宗乃授為兵部尚書，兼東閣大學士，另用王之晉為遼東經略。王之晉蒞任，請添築重關，增設守兵至四萬人，僉事袁崇煥，以為非計，入白葉向高，向高不能決。承宗自請往視，由熹宗特許，遂命他督師薊遼，賜尚方劍，御門親餞，送他啟程，承宗拜辭而去。及到了關外，定軍制，明職守，築堡修城，練兵十一萬，造鎧仗數百萬，儼然有一夫當關，萬夫莫入的情形。為政在人。明廷少安，便擬訊鞫熊廷弼、王化貞的罪案。刑部尚書王紀，以廷弼守兵精糧足，屹成重鎮。滿洲兵不敢藐視，相戒近邊，

第八十四回 王化貞失守廣寧堡 朱燮元巧擊呂公車

遼有功，足以贖罪，應從末減。獨閣臣沈㴶，劾他祖護罪臣，例應同坐。明是受意魏閹。王紀心中不服，亦奏稱沈㴶貪鄙齷齪，酷似宋朝的蔡京。熹宗初頗下旨調停，令兩人同寅協恭，不得互相攻訐。嗣被魏忠賢從中唆惑，竟將王紀削籍。紀去後，葉向高言：「紀、㴶交攻，均失大臣體裁，紀獨受斥，㴶尚在位，怎得折服人心？」閣臣朱國祚，亦具揭論王紀無罪，㴶心中頗不自安，引疾退歸。魏忠賢啣恨朱、葉，屢欲陷害，國祚明哲保身，連上十三疏乞休，乃蒙允准。史繼偕亦致仕而去。繼偕兩字，不愧尊名。小子因隨筆敘下，無暇他及，致將內地兩大亂事，一時無從插入，可巧明廷大臣，紛紛乞休，正好乘這空隙，補敘出來。此是作者欺人之筆。

天啟元年，四川永寧土司奢崇明作亂，奢氏本猓玀遺種，洪武中入附明朝，命為永寧宣撫使。數傳至奢崇周，歿後無嗣。崇明以族人繼立，素性陰狡，內悍外恭，有子奢寅，驍桀好亂，明廷方募兵援遼，檄至四川，崇明父子，上疏請行，先遣土目樊龍、樊虎等，徑赴重慶。巡撫徐可求點核土兵，見有老弱夾雜，擬加裁汰。樊龍不服，定要可求照數給餉。可求呵叱數語，龍即挺起槊來，刺殺可求，並擊斃道府總兵官二十餘人，占住重慶府城。是時川境久安，守備日弛，為了此弊，所以撫道各員，俱被殺死，然典守何事，乃竟令彼猖獗耶？聞得重慶警報，附近兵民，紛紛逃逸。樊龍等遂乘勢出兵，

攻合江、納溪，復報知崇明父子，請即援應。崇明父子，踴躍而來，統率部眾及徼外雜蠻，不下數萬，破瀘州，陷遵義、興文，全蜀大震。播州楊應龍餘孽（播州事見七十八回），及諸亡命奸人，隨處響應，勢日猖獗。蜀王至澍，為太祖第十一子椿八世孫，世襲藩封，見城內守兵寥寥，僅有鎮遠營七百人，如何守禦得住？急忙檄調近地兵士，陸續到來，亦只有一千多人。偏偏左布政使朱燮元，正奉旨入覲，出城北上，燮元以知兵聞，當這軍務吃緊的時候，哪可失此良告，蜀王情急得很，忙率百姓馳出國門，追留燮元。燮元見遮道攀轅，非常懇切，遂慷慨返駕，入城誓師，熱忱壯士。當下與右布政使周著，按察使林宰等，督勵兵民，分陣固守。一面馳檄各道，飛調援兵。不意寇兵已至，四面環攻。燮元加意嚴防，督令士卒放炮擂石，晝夜不懈。賊擁革為蔽，被炮擊毀，接竹為梯，被石擊斷，累攻不能得手，反死傷了數百人。適值冬濠水涸，賊率降民持葭束薪，滿填濠中，燮元高如土壘，上築蓬蓽，形類竹屋，藉避銃石，暗中恰伏弩仰射，齊注城頭。燮元已豫備竹簾，撐架起來，擋住敵矢。夜半恰令壯士縋城而出，持芻塗膏，縱火焚薪，薪燃壘壞，上面倚據的賊兵，不被燒死，也遭跌死。燮元又遣人潛決江水，流滿城濠，賊計無所施，但射書入城，煽惑兵民。當有奸徒二百餘人，謀為內應，被燮元一一查出，梟首

第八十四回　王化貞失守廣寧堡　朱爕元巧擊呂公車

懸城。賊又四面架起望樓，高與城齊，也由爕元暗遣死士，放火焚去，斬了賊目三人，相持至十餘日，孤城屹峙，不損絲毫。可謂善守。

諸道援兵，次第趨集，就中有一個巾幗英雄，系石駐宣撫司女總兵秦良玉，也率隊到來。良玉忠州人，曾嫁宣撫使馬千乘，千乘病死，良玉英武知兵，代為統領。崇明夙慕英名，發難時曾厚遺良玉，乞為臂助，良玉語來使道：「你不聞我秦氏世篤忠貞麼？我兄邦屏、邦翰，奉旨援遼，俱死王事，只有我弟民屏，負傷歸來，現在傷痕已痊，我當帶領弟姪，效死報國，什麼盜物，敢來汙我！」英氣勃勃，足愧鬚眉（秦良玉為明末女傑，故敘述履歷，特別從詳）。言畢，將所遺金銀，擲還來使。來使出言不遜，惱得良玉性起，拔出佩劍，砍作兩段。爽快之至。當下率所部精兵，與弟民屏、姪翼明等，卷甲疾趨，潛越重慶，分兵為二。留翼明屯南坪關，截賊歸路，又留兵一千，多張旗幟，護守忠州，作為南坪關的犄角。自率銳卒三千人，沿江而上，直抵成都，離城數里下寨。崇明父子，見援兵日至，也陸續募集黨羽，分頭攔阻。且督眾更番攻城，自初冬至暮冬，歲已且盡，仍然圍攻不輟。城中人伏臘不祭，歲朝不賀，爕元一意同悍寇拚命，與城存亡。非爕元之撫馭有方，安能得此。元夕已過，賊攻少懈，爕元方下城少憩，忽城上來了守卒，大呼道：「有旱船來了，請主帥速即登城！」爕元忙上城樓，但見有數千

悍賊，自林中大噪而出，擁物如大舟，高可丈許，長約五百尺，內築層樓數重，上面站著一人，披髮仗劍，旁豎羽旗，中載數百人，各挾機弩毒矢，翼以兩雲樓，用牛牽曳，勢將近城，較諸城樓上面，還高尺許。這是何物？費人疑猜。守陴的老幼婦女，頓時大哭起來。爕元忙即慰諭道：「不妨不妨，這是呂公車，可以立破。」是謂知兵。隨即命守卒道：「我有巨木預備，擱置城下，無論大小，一併取來！」守卒忙即運至，由爕元親自指點，長木為桿，短木為軸，軸上已有巨索，轉索運桿，可發大砲。炮中有千斤石，飛射出去，好似彈丸。這邊已裝好大砲，那邊呂公車適至，第一炮轟去，擊毀車旁雲樓，第二炮轟去，不偏不倚，正將這披髮仗劍的賊目，一石打倒。看官聽說！這全車的舉動，全仗他一人指揮，他已被擊，車中人都成傀儡了。爕元更用大砲擊牛，牛負痛返奔，衝動賊陣。那時爕元乘勢出擊，大殺一陣，便即還城。

崇明父子，尚不肯退去，會有裨將劉養鯤，報稱賊將羅乾象，遭私人孔之譚輸誠，情願自拔效用。爕元即遣之譚復往，令與乾象俱來。及乾象既至，爕元方臥城樓，起與共飲，飲至酣醉，復呼令同寢，鼾聲達旦。這是有詐，莫被爕元瞞過。不然，崇明未退，乾象新降，安得冒昧若此？乾象因此感激，誓以死報。爕元遂與他密約，令誘崇明登城，設伏以待。果然乾象去後，即於是夜偕崇明登城，甫有一人懸梯而上。守兵遽行

047

第八十四回　王化貞失守廣寧堡　朱燮元巧擊呂公車

鼓譟。崇明料知有備，跳身逸去，等到伏兵突出，追趕不及，只拿住他隨卒數人。乾象即縱火焚營，崇明父子，倉猝走瀘州，成都圍解，乾象率眾來歸。燮元上書奏聞，朝旨擢為四川巡撫，於是復率諸軍進討，連復州縣衛所四十餘，乘勝攻重慶。

重慶為樊龍所據，已九閱月，賊守甚固，自二郎關至佛圖關，為重慶出入要道，悍賊數萬扼守，連營十有七座。總兵杜文煥，及監軍副使邱志充、楊述程等，率兵進攻，連戰不下。石砫女官秦良玉，請從間道繞出關後，兩路夾擊，定可破賊等語。燮元很是嘉許，遂命良玉帶領部兵，覓路徑去。賊兵只管前敵，不防後襲，誰知後面竟來了一位女將軍，鐵甲銀槍，蠻靴白馬，在壘後麾軍直入，亂殺亂戮，無人敢當。極寫良玉。前面的杜文煥等也踹入賊營，似削瓜刈稻一般，遮攔不住。那時賊眾大潰，連拔二郎、佛圖二關，直搗重慶。樊龍出戰不利，守了數日，糧道被斷，城中竟致乏食，只好開門潛遁。行不一里，但聽得四面八方，都呼樊賊休走，正是：

將軍巧計縱鷹犬，悍賊窮途陷網羅。

未知樊龍曾否就擒，請看下回分解。

熊廷弼為明季名將，守遼有功，乃為王化貞牽制，致同坐罪，此事為明廷一大失

048

著。作者前著《清史演義》，敘述甚詳，而此回亦不肯從略，蓋嫉王化貞，惜熊廷弼，且以見明廷之刑罰不明，賢奸倒置，其亡國之徵，所由來也。朱燮元亦一大將材，觀其固守成都，卒卻悍寇，破呂公車於城下，識羅乾象於寇中，智勇雙全，難能可貴。而秦良玉之出身巾幗，遠過鬚眉，尤為明代一人。本回從大處著筆，更寫得燁燁有光，善必彰之，惡必癉之，謂非良史家可乎？

第八十四回　王化貞失守廣寧堡　朱燮元巧擊呂公車

第八十五回

新撫赴援孤城卻敵　叛徒歸命首逆伏誅

卻說樊龍開門潛走，正遇著朱燮元的伏兵，四面圍住，任你樊龍凶悍過人，至此也無從狡脫，只好束手就擒，餘酋亦多被縛住。燮元遂克重慶，移兵攻瀘州，崇明父子，棄城夜走，直奔遵義。遵義已為貴州兵所復，不防水西土目安邦彥，也揭竿起事，響應崇明。貴州兵調攻邦彥，遵義空虛，只剩推官馮鳳雛居守。崇明父子，猝至遵義，鳳雛無兵無餉，如何守得？當被崇明父子陷入，眼見得這位馮推官，殺身成仁了。崇明復破遵義，留子奢寅，及部目尤朝柄、楊維新、鄭應顯等占據，自率餘眾返永寧，這且慢表。

且說水西土目安邦彥，系宣慰使安堯臣族子，堯臣病歿，子位嗣職。位年尚幼，由堯臣妻奢社輝攝事。社輝系奢崇明女弟，嘗與崇明子寅爭地為仇，不通聞問。獨邦彥與

第八十五回　新撫赴援孤城禦敵　叛徒歸命首逆伏誅

崇明往來，素懷異志，及崇明作亂，或說他已得成都。邦彥遂挾位母子叛應崇明，自稱羅甸大王，糾合諸部頭目安邦俊、安若山、陳其愚、陳萬典等，進陷畢節。更分兵四出，西破安順、沾益，東下甕安、偏橋，邦彥自率水西部眾，渡陸廣河，直趨貴陽。適貴陽城中，藩梟守令，均已入覲，巡撫李橒，亦因乞休得請，專待後任交卸，陞聞此變，慨然督軍，又是一個朱燮元。與巡按御史永安，提學僉事劉錫元，分堞守護。邦彥率眾攻城，城上矢石齊下，無隙可乘。他卻想了一計，沿城築柵，斷絕城中出入，為久圍計。流寇宜速不宜緩，乃築柵久圍，已非勝算。鎮將張永芳，聞省會被圍，即率二萬人入援，為邦彥所阻，不得進行。他將馬一龍、白自強等，與賊兵交鋒，戰敗陣亡。邦彥攻城愈急，占住城東山岡，搭設廂樓，登高俯擊。李橒令兵士遙射火箭，迭毀賊樓，接連三日三夜，尚是火光熊熊。城中久持力憊，將校多病，害得大家枵腹，先食糠粃，繼食草本敗革，且食死人血肉，最後連屍骸俱被刮盡，不得已殺食生人，甚至親屬相噉。裡居參政潘潤民，一女被食，知縣周思稷，且自殺餉軍，幸得人心堅固，到了這個地步，還是以城為重，視死如歸。比朱燮元之守成都，尤為堅忍。

明廷方注重遼事，不遑兼顧，只有新任巡撫王三善，已經簡放，馳抵平越。巡按史永安飛檄敦促，且上疏詆三善觀望不前，請朝旨星夜催迫。三善乃在平越募兵，大會將士，毅然面諭道：「省城危急萬分，不能久待，我輩若再不往援，他日省城失守，必至坐法。與其坐法論死，還不若馳往死敵，或尚可望不死呢。」是極。將士等齊聲贊成，遂分三道進兵。道臣何天麟、楊世賞等，左右夾進，三善自與道臣向日昇，從中路馳入，啣枚疾走，直抵新安，距貴陽只數十里。乃命劉超為前鋒，自為後勁。超麾軍大進，與寇相值，兩下對壘。賊首阿成操著長槊，奮勇殺來。超兵遽退，三善自操稟報，掩殺阿成，乃是麾下親兵張良俊（為敘明姓氏補筆）。三善大喜，簿錄首功，遂乘勝入援貴陽城。

邦彥聞新撫到來，防有數十萬大兵，不禁手足無措，躊躇半晌，才語部眾道：「我當親出調兵，與他決一勝負。」言畢自去。賊眾待久不至，相顧驚詫，怎禁得官軍殺到，似山崩地震一般，壓入壘中，紛紛瓦解。賊將安邦俊，不管死活，還想上前招架，

第八十五回　新撫赴援孤城卻敵　叛徒歸命首逆伏誅

但聽得撲的一聲，已是中了一彈，洞胸殞命。大眾顧命要緊，各將甲仗棄去，四散奔逃。官軍直抵城下，先有五騎傳呼道：「新撫到了。」城中兵民，歡呼相和，共慶更生。貴陽被圍十餘月，城中戶口十餘萬，至是隻剩數百人，兀自守住，這全仗故撫李橒，及永安、錫元等的功績呢。越數日，左右兩部兵才至，又數日，楚、粵、蜀各兵亦到，李橒乃卸任而去。城已保全，才行卸任，我欽愛李公忠藎。

是時朱燮元已升任四川總督，兼兵部侍郎，再舉討賊，大集將佐等計議道：「我與永寧賊相持已久，尚不得志，無非因賊合我分，賊逸我勞呢。今擬盡撤各防，會剿永寧，搗穴平巢，在此一舉。」秦良玉首先允議，諸將亦拱手聽命，遂令副將秦衍祚等，往攻遵義，自率大軍進討，歷破諸險，將薄永寧。奢寅自遵義還援，帶著樊虎等人，前來搏戰，被燮元督軍猛擊，殺得棄甲曳兵。奢追至老君營、涼傘鋪，盡毀賊壘。寅身中二槍，倉皇遁走，樊虎傷重即死。燮元還破青岡坪，進撲永寧城，一鼓齊上，生擒賊目周邦泰等，降賊二萬。唯崇明得脫，敗奔舊藺州城。羅乾像已由燮元保舉，擢為參將，願率一軍窮追崇明，燮元遣他去訖。乾象甫行，遵義捷音亦至，逐去賊目尤朝柄、楊維新、鄭應顯等，降賊黨安鑾，克復遵義全城。於是燮元再自永寧出師，為乾象後援，途次接到乾象軍報，奢賊計窮，已走水西、龍場，向安氏借兵，再圖報復。燮元乃長驅直

進，與乾象會師，向藺州出發，忽由探馬報到，安邦彥已出兵兩路，幫助奢氏，一窺遵義，一窺永寧，已過赤水河，向獅子山來了。乾象督兵至藺，用了火炮火箭，擊射城中，把奢氏的九鳳樓，片刻毀去。城中自相嘩噪，當由乾象乘隙攻入，掃盡賊眾。崇明父子時已轉走龍場，無從緝獲。藺州方下，燮元至芝麻塘，遇著安氏所遣的賊眾，一陣擊退，再進兵至龍場，崇明已如驚弓鳥，漏網魚，未戰先逃，連妻弟都不及帶去。官兵遂將他妻安氏，弟崇輝，一併擒住，斬首以千萬計。復四處追覓崇明父子，嗣聞崇明父子，相繼遁入水西，燮元以王三善方在得手，不欲攘功，便勒兵不追。申明燮元意旨，可見燮元之不追，並非畏怯。

那時三善正會師六萬，進擊水西，連戰皆捷，遂渡渭河，直達大方。安邦彥逃入織金，安位及母奢社輝，竄居火灼堡，三善乃檄令安位母子，速擒安邦彥及崇明父子，解獻軍門，請旨贖罪。安位母子倒也驚慌，只恐三善未必踐言，特遣人赴鎮遠，至總督楊述中處乞降，述中當即允許，致書三善，令他撤兵。三善以元凶未翦，不如即撫即剿，述中一意主撫，彼此辯論不明，反將軍務擱起。安邦彥偵知情形，日夜聚兵，為再出計，且勾通四川烏撒土目安效良，作為外援，一面與悍黨陳其愚密商，令他詐降三善。三善見了其愚，初頗懷疑，經其愚狡黠善辯，遂以為誠信可靠，引作參謀。燮元收降羅

第八十五回　新撫赴援孤城卻敵　叛徒歸命首逆伏誅

乾象，三善收降陳其愚，同一招撫，而結果迥異，是仍在知人與不知人耳。其愚詐言邦彥遠竄，勢不足慮，不如撤還貴州。三善因出師連捷，頗有驕心，且久住大方，糧食將盡，遂信了其愚的計畫，焚去大方廬舍，率兵東歸。其愚自請斷後，三善許諾，乃將各隊兵馬，陸續先發，自與副將秦民屏等，攬轡徐行。哪知其愚早已報知邦彥，令他發兵追擊，等到邦彥兵至，只說是其愚遇賊，速請回援。三善施往救，遙見其愚躍馬奔來，還道他被賊所追，急忙出馬救護，說時遲，那時快，其愚見三善在前，故意的策馬數鞭，馬性起前竄，竟將三善的坐騎撞翻，三善從馬上跌將下來，自知有變，即將帥印擲付親兵，自抽襪中小刀，橫頸欲刎。其愚很是厲害，意欲生縛三善，便下馬奪刀，三善怒罵不止。秦民屏正來相救，偏偏賊兵大至，圍擁上來，民屏戰死，三善被殺。秦佐明、祚明等，突圍出走。賊兵尚併力追趕，還虧前行將校，回馬迎擊，方得殺退賊兵。監軍御史傅宗龍，聞三善被戕，矢志復仇，獨率壯士數百人，潛躡陳其愚後塵。其愚正在得意，揚鞭歸去，口唱蠻歌，不防宗龍趕到，一聲唿哨，亂刀齊起，立將其愚斫落馬下，連人帶馬，剁作數段。三善至此，亦堪瞑目。宗龍割下其愚首級，招呼壯士，飛馬還走，賊兵聞警來追，那宗龍與壯士數百名，似風馳電掣一般，霎時間走得很遠，無從追及了。

056

明廷聞王三善被害，命總督劉述中，回籍聽勘，改任蔡復一為總督。復一遣總兵魯欽、劉超等，搗織金賊巢。織金四面皆山，林深箐密，向稱天險，官兵從未入境，魯、劉二軍，鑿山開道，攀藤穿寶，用了好幾月工夫，才得到了織金，途次遇著數千賊兵，由官軍努力上前，斬殺千餘人，餘眾潰敗。及搗入賊巢，只是空空一寨，四面搜覓，並不見有邦彥蹤跡，沒奈何下令退兵。已中邦彥詭計。行了一程，忽由巖壑間鑽出賊眾，左右奔集，來擊官軍。魯欽知事不妙，慌忙整軍抵敵，怎奈路徑崎嶇，如鼠鬥穴，賊兵駕輕就熟，官軍路陌生疏，又兼意亂心慌，如何招架得住？不到數時，多半潰散。還是倖等急尋歸路，且戰且行，好容易殺出危途，手下的兵士，十成中已喪亡六七了。欽雲、貴、湖、廣、四川五省軍務，出駐遵義。

適值烏撒土目安效良，南向入滇，糾合蘭州、水西、烏撒三部，入據沾益。雲南巡撫閔洪學，急飭副總兵袁善，宣撫使沙源等，激勵將士，血戰沾益城下，相持五晝夜，屢出奇兵破賊，效良乃去。燮元聞雲南有警，正擬調兵往救，嗣得閔撫報捷，因即停遣。既而探知水西賊情，擬由三路入犯，一攻雲南，一攻遵義，一攻永寧。永寧的賊將，就是奢崇明子奢寅。燮元語諸將道：「奢寅是抗命的首逆，此賊不除，西南哪有寧

第八十五回　新撫赴援孤城卻敵　叛徒歸命首逆伏誅

曰？我當設法除他。」諸將請即進剿！燮元道：「且慢！可能不勞一兵，除滅此賊，那是最好的呢。」諸將不知何計，也不敢復問，但見燮元按兵不動，每日只遣將校數名，出外行事。約閱旬日，方撥兵千人，令他往迎降將。果然派兵往迓，降將隨來，當即呈上首級一顆，看官道是何人首級？就是燮元所說首逆奢寅。點醒眉目，尚伏疑團。原來寅素凶淫，每見附近番婦，稍有姿色，即行強姦，遇豪家富室，往往盡情勒索，稍不如命，立殺勿貸。就是部下兵士，也是朝不保暮，因此兵民戒懼，多生變志。部目阿引，嘗受奢寅鞭責，懷恨在心，燮元暗地探知，特遣總兵李維新，誘他降順，歃血為誓。阿引很是歡洽，願乘隙誅寅，作為報效，兩下裡非常祕密，偏被寅稍稍覺察，令左右將阿引縛去，拷問了好幾次，且用利刃穿他左足，至一晝夜，阿引寧死不承，才得釋放。阿引素來莫逆，代為不平，阿引遂與同謀，只苦足脛受傷，不便舉事。巧有同黨苗老虎、李明山等，與阿引很是歡洽，懷恨在心，燮元暗地探知，特遣總兵李維新，誘他降順，歃血為誓。阿引很是歡洽，願乘隙誅寅，作為報效，兩下裡非常祕密，偏被寅稍稍覺察，令左右將阿引究竟莫逆。看官！你想阿引受此痛苦，怎肯干休？巧有同黨苗老虎、李明山等，與阿引素來莫逆，代為不平，阿引遂與同謀，只苦足脛受傷，不便舉事。一夕，奢寅與部眾痛飲，傳入幾個蠻女，酣歌侑酒，自午至申，竟飲得酩酊大醉，登床熟寢。苗老虎伴為奢寅蓋被，見寅方鼾睡，暗拔佩刀，向胸刺入，霎時歸陰。苗老虎割了寅首，與明山遁出帳外，邀同阿引，來投官軍。待至賊黨流，

058

追來，已由官軍接著，歡迎去了（首逆得誅，故特筆詳敘）。朱燮元喜誅奢寅，遂建議滇、蜀、黔三省進兵，共剿邦彥，自率大軍出發遵義，剋期一舉蕩平，廓清天日，不意家中來了急報，由燮元親自啟閱，瞧了數行，禁不住大慟起來，險些兒昏暈過去。這一番有分教：

將軍歸去循喪禮，悍賊餘生稽顯誅。

畢竟燮元為著何事，待至下回再詳。

奢崇明先反，而安邦彥繼之。蠻苗殊俗，叛服不常，固其天性然也。唯奢酉竊發，尚止蜀道一隅，且未幾即遭挫敗，安氏則轉戰西南，勾通各部，至逃入織金後，且收拾餘燼，再出騷擾，狡悍情形，蓋比奢酉為尤甚矣。若夫王三善之才略，亦遠遜朱燮元，三善因勝而驕，卒墮賊謀，致為所害。燮元獨用兵如神，始降羅乾象而卻崇明，繼降苗老虎等而誅奢寅，並不聞有其愚之凶，猝遭反噬，是非駕馭有方，烏能使悍蠻之束身歸命耶？他若李橒之守貴陽。亦與燮元之守成都相似，無獨有偶，是亦一《明史》之光歟。

第八十五回　新撫赴援孤城卻敵　叛徒歸命首逆伏誅

第八十六回 趙中丞蕩平妖寇　楊都諫糾劾權閹

卻說朱燮元接著家報，系是父歿的訃音，燮元忠孝性成，自然悲號不止。當由眾將上前勸慰，才行停淚，即上疏乞歸居喪，熹宗不得不准，特命偏沉巡撫閔夢得繼任。且說西南鏖兵的時候，山東亦出一妖徒徐鴻儒，揭竿作亂。先是深州人王森，嘗救一妖狐，藏狐斷尾，頗有異香，以此煽惑愚民，斂錢聚眾，號為聞香教，亦名白蓮教，自稱教主，收集徒侶，有大小傳頭及會主諸名目，蔓延各省。嗣森為有司所拘，下獄瘐死，遺有巨萬家資，由森子好賢承受。好賢散財結客，與武邑人於弘志，及鉅野人徐鴻儒互相往來，密圖叛亂，好賢席有父產，何妨酒食逍遙，乃必結黨營謀，自尋死路，真是何苦！約於天啟二年八月望日，三方同起。鴻儒製造甲械，號召黨羽，免不得洩漏風聲，當由地方官

第八十六回　趙中丞蕩平妖寇　楊都諫糾劾權閹

吏，派兵往捕。鴻儒不及待約，先期發難，便在卞家屯刑牲誓眾，令黨徒各挈家屬，寄居梁山泊，然後起兵兩路，一攻魏家莊，一攻梁家樓。兩處都被得手，遂進陷鉅野縣城，僭號「中興福烈帝」，稱大成興勝元年。據一縣城，便僭稱帝，想亦自知不久，遂竊帝號以自娛。一時不及製辦冠服，只令大眾用紅巾包頭，算作標記便了。明太祖起兵，曾投入紅巾黨，鴻儒豈亦欲效明太祖耶？

鉅野既陷，轉趨鄆城，鄆城無兵可守，知縣餘子翼，偷生惜命，一溜煙的逃走。於是曹濮一帶，相繼震動。兗西道閻調羹，飛書至省會乞援，巡撫都御史趙彥，忙檄同總河侍郎陳道亨，合兵剿辦，一面奏報明廷。廷議以小丑跳梁，不甚可慮，只命趙彥趕緊蕩平。趙彥職任疆圻，恰也無從推諉，怎奈山東武備久虛，重兵難集，且因遼事日亟，朝廷日括遼餉，幾已把所有地皮，盡行剝去，此時餉缺兵稀，如何平亂？當下趙彥奉命，無法可施，至滕縣知縣姚之胤，不得已募練鄉勇，權時救急。既而鄒、滕兩縣，警報迭傳，鄒縣署印通判鄭一傑，廖棟等，帶著兵勇，前去截擊。那匪徒本無紀律，亦無勇謀，不過藉著一些江湖賣藝的幻技，說是能剪紙成人，撒豆成兵，哄騙這愚夫愚婦，嚇走那庸吏庸官。此次楊、廖兩都司，居然有點膽量，效力殺賊，一班烏合的黨徒，哪裡是兩將對手？殺一

陣，敗一陣，紛紛如鳥獸散去，不數日便克復鄆城，奪還鉅野，賊勢終是未衰，這邊奔散，那邊嘯聚，楊國盛、廖棟，日夕追剿，也不免疲於奔命。趙彥乃上言妖賊日眾，官兵日敝，乞截住京操班軍，及廣東援遼軍，留備徵調。並薦故大同總兵楊肇基，統山東軍討賊，朝旨一一照准。

肇基尚未到山東，鴻儒已令賊黨潛襲兗州，為知縣楊炳所敗，也有這個好知縣。移犯夏鎮、韓莊。夏鎮近彭家口，為運河孔道，適有糧船四十餘艘，運往京師，經過此地，偏為賊目詗知，糾眾劫奪，糧船上沒甚防兵，如何阻攔得住？不消半刻工夫，被他連船劫去，侍郎陳道亨聞警，飛章告急，虧得沙溝營姚文慶，招集軍壯鄉勇，臨流阻截，擒賊十一人，賊眾竄走，方將漕艘奪回，運道復通。賊眾奔回滕縣，與鄒縣賊會合，同攻曲阜，共計馬步四萬餘，擁至城下。知縣孔聞禮，率城中丁壯，極力捍禦，飛矢擲石，斃賊甚眾。不愧孔氏後裔。賊料不能克，撤圍引去。道經楊營內糧草器械，俱沒入賊中。賊焰復盛，揚言當先取兗州，繼取濟南。武邑於弘志，也殺人祭旗，起應鴻儒，王好賢亦倡亂深州，還有艾山賊趙大，奉劉永民為主，得死黨二十八人，各用五色塗面，謂上應二十八宿，彷彿兒戲。聚眾至二萬餘人，合鄒、滕賊

第八十六回　趙中丞蕩平妖寇　楊都諫糾劾權閹

眾，共得一十七支。省會中的警報，好似雪片相似。趙彥以悍賊聚鄒、滕間，鴻儒復在鄒縣居住，擬先攻鄒縣，為擒渠計。副使徐從治進言道：「攻堅不若攻瑕，搗實不如搗虛，去他羽翼，那兩城悍賊，亦當膽落，渠魁便不難就擒了。」趙彥尚在遲疑，可巧楊肇基到來，會商軍務，亦賀同從治計劃。當下發兵往剿，分徇武邑、艾山。已而武邑捷聞，於賊弘志擊斃，接連又是艾山捷報，生擒了劉永明，趙彥即批令就地正法。永明臨刑，尚自稱「寡人」，官兵傳為笑話。煞是可笑。彥即偕肇基同赴兗州，至演武場閱兵，驚聞賊眾已到城下，肇基即起身出戰，命楊國盛為左翼，廖棟為右翼，兩翼分擊，斃賊千餘人，賊眾倉皇敗退，復回滕縣去了。實是無用。

肇基既獲勝仗，遂與趙彥定計攻鄒，大軍齊發，共趨鄒城，途次聞賊眾精銳，麕集嶧山，乃令遊兵至鄒，牽制城中守賊，自率大軍徑襲嶧山。賊眾未曾防備，突被殺入，多作刀頭之鬼，有一小半逃回鄒城，趙撫、楊總兵，即追薄城下，鴻儒自知窮蹙，與黨魁高尚賓、歐陽德、九敘、許道清等，誓死堅守，屢攻不下。鄒、滕兩縣，相為犄角，趙彥料滕縣未復，鄒亦難克，遂遣楊國盛、廖棟等，攻拔滕縣，又大破賊黨於沙河，鄒城乃成孤立。官軍築起長圍，困得水洩不通，漸漸的城中食盡，守卒統有饑色。趙彥下令招降，除鴻儒外，一概免死。偽都督侯五，偽總兵魏七等，遂拔去城上旗幟，情願投

誠。鴻儒單騎夜走,甫出城,即被官兵擒住。趙彥等乃入城宣撫,安插鄉民二萬餘人,收穫軍資無算,遂將鴻儒檻送京師,照例磔死。趙彥等受刑時,仰天嘆道:「我與王好賢父子,經營二十年,黨羽不下二百萬,乃先期洩謀,致遭此敗,豈非天意?」項羽烏江自刎,稱為天意,鴻儒亦欲援天自解,真是不度德,不量力。總計鴻儒舉事,凡七閱月,盡行滅亡。王好賢聞鴻儒伏法,遁走薊州,私挈家屬二十餘人,南奔揚州,後來事露被擒,也遭駢戮。該死。明廷錄平賊功,擢趙彥為兵部尚書,楊肇基以下,進秩有差。趙彥查得五經博士孟承光,系亞聖後裔,鄒城被陷時,為賊所執,不屈遇害,至是並上書奏聞。又經御史等申請撫卹,乃下旨准奏,修葺孟廟,光復孟祀,且不必說。

再說魏忠賢專寵怙權,由司禮秉筆監,提督東廠,車馬儀衛,僭擬乘輿,任用同黨田爾耕,掌廠衛事,許顯純為鎮撫司理刑,羅織善類,屠害忠良,呼號敲撲的聲音,畫夜不絕。楊漣已任左副都御史,目擊忠賢不法情狀,忍無可忍,遂劾忠賢二十四大罪。略云:

太監魏忠賢者,本市井無賴,中年淨身,夤入內地,初猶謬為小忠小佞以幸恩,繼乃敢為大奸大惡以亂政,今請列其罪狀,為陛下言之!祖制擬旨,專責閣臣,自忠賢擅

第八十六回　趙中丞蕩平妖寇　楊都諫糾劾權閹

權,多出傳奉,或逕自內批,壞祖宗政體,大罪一;劉一燝、周嘉謨,皆顧命大臣也,忠賢令其黨論去,急於翦己之忌,不容陛下不改父之臣,大罪二;先帝殯天,實有隱憾,孫慎行、鄒元標以公義發憤,悉為忠賢排去,顧於黨護選侍之沈,曲意綢繆,終加蟒玉,親亂賊而仇忠義,大罪三;王紀為司寇,執法如山,鐘羽正為司空,清修如鶴,忠賢構黨斥逐,必不容盛時有正色立朝之臣,大罪四;國家最重,無如枚卜,忠賢一手握定,力阻首推之孫慎行、盛以宏,更為他詞以錮其出,是真欲門生宰相乎?大罪五;爵人於朝,莫重廷推,去歲南太宰,北少宰,俱用陪推,一時名賢不安於位,顛倒銓政,掉弄機權,大罪六;聖政初新,正資忠直,乃滿朝薦文震孟、江秉謙、侯震暘等,抗論稍忤,立行貶黜,屢經恩典,竟阻賜環,長安謂天子之怒易解,忠賢之怒難調,大罪七;然猶曰外廷臣子也,傳聞宮中有一舊貴人,以德性貞靜,荷聖上寵注,忠賢恐其露己驕橫。託言急病,置之死地,(即指馮貴人,《紀事本末》作胡貴人。)大罪八;猶曰無名封也,裕妃以有娠傳封,中外方為慶幸,忠賢惡其不附己,矯旨勒令自盡,大罪九;猶曰在妃嬪也,中宮有慶,已經成男,忽然告隕,虹流電繞之祥,變為飛星墮月之慘,傳聞忠賢與奉聖夫人,實有謀焉,大罪十;先帝在青宮四十年,操心慮患,所以護持孤危者,唯王安一人,即陛下倉猝受命,擁衛防維,安亦不可謂無勞?忠賢以私忿

矯旨，掩殺於南海子，是不但仇王安，而實敢仇先帝之老僕，略無顧忌，大罪十一；今日獎賞，明日祠額，要挾無窮，王言屢褻，近又於河間府毀人房屋，以建牌坊，鏤鳳雕龍，千雲插漢，又不止於塋地擅用朝官，規制僭擬陵寢而已，大罪十二；今日蔭中書，明日蔭錦衣，金吾之堂，口皆乳臭，諳敕之館，目不識丁，如魏良弼、魏良卿及傅應星等，濫襲恩蔭，褻越朝常，大罪十三；用立枷之法以示威，戚畹家人，駢首畢命，意欲誣陷國戚，動搖中宮，若非閣臣力持，言官糾正，椒房之戚，又興大獄矣，大罪十四；良鄉生員章士魁，以爭煤窯，傷忠賢墳脈，遂託言開礦而致之死，趙高鹿可為馬，忠賢煤可為礦，大罪十五；王思敬以牧地細事，徑置囚阱，草菅士命，使青燐赤壁之氣，先結於壁宮泮藻之間，大罪十六；科臣周士樸，執糾織監，原是在工言工，忠賢竟停其升遷，使吏部不得專銓除，言官不敢司封駁，大罪十七；北鎮撫劉僑，不肯殺人媚人，忠賢以不善鍛鍊，遂致削籍，大明之律令可不守，忠賢之命令不可不遵，大罪十八；魏大中為吏科，遵旨蒞任，忽傳旨切責，及大中回奏，台省交章，又再褻王言，煌煌綸，朝夕紛更，大罪十九；東廠之設，原以緝奸，自忠賢任事，日以快私仇行傾陷為事，投匭告密，日夜未已，勢不至興同文之獄，刊黨錮之碑不止，當年西廠汪直之僭，未足語此，大罪二十；邊警未息，內外戒嚴，東廠緝訪何事，前韓宗功潛入長安，偵探虛實，

第八十六回　趙中丞蕩平妖寇　楊都諫糾劾權閹

實主忠賢司房之邸，事露始去，假令天不悔禍，宗功事成，未知九廟祖靈，安頓何地？大罪二十一；祖制不蓄內兵，原有深意，忠賢與奸相沉，創立內操，藪匿奸宄，安知無大盜刺客，潛入其中，一旦變生肘腋，可為深慮，大罪二十二；忠賢進香涿州，警蹕傳呼，清塵墊道，人以為御駕出幸，及其歸也，改駕駙馬，羽幢青蓋，夾護環遮，則儼然乘輿矣，大罪二十三；夫寵極則驕，恩多成怨。聞今春忠賢走馬御前，陛下射殺其馬，貸以不死，忠賢不自伏罪，進有傲色，退有怨言，朝夕提防，介介不釋，從來亂臣賊子，只爭一念放肆，遂至不可收拾，奈何養虎兕於肘腋間乎？此又寸轡忠賢，不足蔽其辜者，大罪二十四。凡此逆跡，昭然在人耳目，乃內廷畏禍而不敢言，外廷結舌而莫敢奏，間或姦伏敗露，又有奉聖夫人為之彌縫，更相表裡，迭為呼應。伏望陛下大發雷霆，集文武勳戚，敕刑部嚴訊以正國法，並出奉聖夫人於外，以消隱憂，臣死且不朽矣！謹奏。

漣繕折已畢，本欲因熹宗早朝，當面呈遞，偏偏次日免朝，漣恐再宿機洩，不得已照例封入，自己繕寫奏稿，尚恐再宿機洩，可見魏閹心腹，已遍都門。當已有魏閹心腹，走漏風聲。忠賢也頗惶迫，往謁閣韓，請代為解免。嚴行拒絕。忠賢不得已泣訴御前，並託客氏從旁洗飾。熹宗本是個麻木不仁的人物，總道客、魏理直，楊漣理曲，

068

便令魏廣微擬旨斥漣。廣微雖備位輔臣，無異權閹走狗，所擬詔旨，特別嚴厲。忠賢且佯辭東廠，自願出宮，又經熹宗再三慰諭，接連三日輟朝。至第四日，方御皇極門，兩旁群閹夾侍，刀劍森立，漣欲對仗再劾，偏已有旨傳下，勅左班諸臣，不得擅出奏事。比周厲監謗，厲害十倍。於是廷臣大憤，罷朝以後，各去繕備奏章，陸續上陳。魏大中、許譽卿、劉業、楊玉珂等，京卿有太常卿胡世賞，祭酒蔡毅中等，給事有勛戚有撫寧侯朱國弼等，先後糾劾忠賢，不下百餘疏，或單銜，或聯名，無不危悚激切，均不見報。陳道亨調任南京兵部尚書，已引疾杜門，不與公事，乃見楊漣參疏，奮然出署，聯合南京部院九卿諸大臣，劘切敷陳，拜表至京，只博得一頓訓斥。道亨決計致仕，潔身引去。無道明隱，正在此時。工部郎中萬燝實在看不過去，便上言：「內廷賢遣歸私第，聊塞眾謗，熹宗仍然不從。賢遣歸私第，聊塞眾謗，見了此疏，大怒外朝，只知忠賢，不知陛下，豈可尚留左右」等語。忠賢正憤無所發，見了此疏，大怒道：「一個小小官兒，也敢到太歲頭上動土麼？若再不嚴辦，你一拳，我一腳，旨，廷杖萬百下，一班腐豎，接了此諭，都跑到萬寓中，把燝扯出，還當了得。」隨即傳出矯且牽且毆，及牽到闕下，已是氣息奄奄，哪禁得刑杖交加，慘酷備至。小子有詩嘆道：

第八十六回　趙中丞蕩平妖寇　楊都諫糾劾權閹

古刑不上大夫身，何物權閹毒搢紳？

試看明廷笞杖日，恨無飛劍戮奸人。

未知性命如何，且至下回續敘。

徐鴻儒一外妖也，魏忠賢一內孽也，古稱在外為奸，在內為宄，奸宄交作，禍必隨之。吾謂妖孽之萌，尤甚於奸宄，而內孽尤甚於外妖。鴻儒舉事，僅七閱月，即報蕩平，忠賢蟠踞宮禁，甚至內外大臣，彈劾至百餘疏，尚不能動其分毫。伊古以來，始未有得君如忠賢者。觀都御史楊漣一疏，覺忠賢不法情狀，罪不容死，外如群臣各奏，明史雖多未錄述，而大致應亦從同，熹宗違眾庇私，甘為蠱惑而不悟，是誠何心？竊不禁為之恨恨矣！

070

第八十七回　魏忠賢喜得點將錄　許顯純濫用非法刑

卻說萬燝受杖闕廷，昏絕復甦，又經群閹任情蹴踏，拖出，由家人舁歸京寓，不到數日，便即去世。哪知忠賢又復矯旨，飭群閹去拿御史林汝翥，依萬燝例懲治。這林御史係葉向高族甥，嘗巡視都城，見有二閹奪人財物，互相鬥毆，因即斥他鬧事，薄笞了案。偏偏二閹入訴忠賢，忠賢正杖燝示威，索性將林汝翥一併逮辦。想是併案處治。汝翥聞信，恐未受廷杖，先遭毆辱，即逃出城外。群閹無處拘拿，總道他避匿向高寓中，闖然直入，謾罵坐索。向高憤極，上言：「國家二百年來，從沒有中使鴟張，敢圍閣臣私第。臣乃遭彼凌辱，若再不去，有何面目見士大夫？」熹宗總算溫旨慰留，收回中使。已而林汝翥赴遵化軍門，乞為代奏，願自至大廷受杖，不願受閹黨私刑。奏入後，科道潘雲翼等，疏救不從，仍執前旨如故。汝翥遂自

第八十七回　魏忠賢喜得點將錄　許顯純濫用非法刑

詣闕下，受杖百下，不過吃了幾日痛楚，還不致傷損大命。幸虧先逃後至。向高目睹時弊，料不可為，迭上二十餘疏，無非是乞休回籍，尚且從中補救，為清流所倚賴。總計向高兩出為相，秉性忠厚，頗好扶植善類，至魏閹專權，乃命行人送歸。唯祖庇門生王化貞，貽誤邊疆，致惹物議，這是他平生第一缺憾；後三年病歿家中，崇禎初始追贈太師，予諡文忠（神宗以後諸相臣，應推葉向高，故總斷數語）。

向高既去，韓爌進為首輔，屢與魏廣微等齟齬。亦抗疏乞歸，中旨責他悻悻自專，聽令罷官。與向高素為東林黨所推崇（東林黨見七十五回）。兩人相繼去職，只有吏部尚書趙南星算是領袖。魏忠賢頗仰趙名，曾遣甥傅應星往謁，被拒絕納。閣臣魏廣微，本為南星故友，魏允貞子，有通家誼，素相往來。及廣微諂附忠賢，貪緣入閣，南星乃絕不與通，嘗嘆為見泉無子（見泉即允貞別字）。廣微聞言，未免懷恨。又嘗三謁南星，始終不見，嫉惡太嚴，亦足取禍。遂與南星有隙，協比忠賢，設法排擠。可奈忠賢朝，以高攀龍、楊漣、左光斗、魏大中等，引為知交，共期佐治。可奈忠賢在內，廣微在外，均欲擾亂朝綱，誓傾正士，那時薰蕕異器，臭味差池，漸漸的君子道消，小人道長。況明朝氣運將盡，出了一個昏憒絕俗的熹宗，專喜小人，不喜君子，憑你如何方正，也是無益，反被那小人側目，貽禍身家，說將起來，正令人痛恨無窮呢

（慨乎言之，為下文作一總冒）！

　　且說明朝故事，巡按御史回道，必經都御史考核稱職，才得復任。御史崔呈秀，巡按淮揚，贓私狼藉，及還朝覆命，湊巧高攀龍為左都御史，秉公考察，盡得他貪穢實跡，立行舉發。趙南星職掌銓衡，上議應成，有旨革職聽勘。呈秀大懼，忙懷挾金寶，夜投忠賢私第，叩首獻珍，且乞為義子。廉恥何存？忠賢自然喜歡，居然上坐，受他九拜。呈秀趁這機會，極言南星、攀龍等人，故意尋隙，此輩不去，我等將無死所。忠賢聽一句，點一回首，便道：「老子尚在，不怕他不落我手，你休要擔憂呢！」呈秀拜謝而去。會山西巡撫出缺，南星薦舉大常寺卿謝應祥，既邀俞允，偏是御史陳九疇上言：「應祥嘗任嘉善知縣，與魏大中誼屬師生，大中為師出力，私託選郎夏嘉遇，謀任是缺，徇私當斥」云云。希承魏閹意旨，已在言中。大中、嘉遇，聞有此奏，自然上疏辯駁：「南星、攀龍，亦奏稱推舉應祥，實協人望，大中、嘉遇，並無私情，九疇妄言，實是有人授意，請勿過聽」等語。忠賢見了此奏，明知有意諷己，特矯旨降調大中、嘉遇，並將陳九疇一併議罪，鐫去三級。俗所謂討好跌一交。且責南星等朋謀結黨，有負委任。南星遂乞罷，攀龍亦請歸，有旨一一批准，立命免官，復議推選吏部尚書。侍郎於廷，推喬允升、馮應吾、汪應蛟等人，楊漣注籍不預，忠賢又矯旨責漣，坐

第八十七回　魏忠賢喜得點將錄　許顯純濫用非法刑

他大不敬三字的罪名。是亦三字獄也。又以允升等為南星私人，斥責於廷徇私薦引，左光斗與漣朋比為奸，均應削籍，另擢徐兆魁為吏部侍郎，喬應甲為副都御史，王紹徽為僉都御史，這三人俱系南星所擯，轉附魏閹，於是朝廷大權，盡歸魏閹掌握了。

魏閹既得崔呈秀，相見恨晚，倚為腹心，日與計畫。給事中李恆茂，趨奉魏閹，即為呈秀訟冤，忠賢遂矯旨復呈秀官。時矯旨迭下，渾稱中旨，廷臣均以為未合。呈秀復進《同志錄》、《天鑑錄》兩書，《同志錄》均屬東林黨，《天鑑錄》均非東林黨。最可笑的，是李魯生，獨謂：「執中者帝，宅中者王，諭旨不自中出，將屬何處？」大眾目為笑話，忠賢恰非常嘉許。閣臣顧秉謙、魏廣微等，編造《縉紳便覽》一冊，如葉向高、韓、趙南星、高攀龍、楊漣、左光斗諸人，統稱邪黨，黃克纘、王永光、徐大化、賈繼春、霍維華等，統算正人，私下呈與忠賢，用一呈字妙。令做進退百官的藍本。呈秀復進《同志錄》、《天鑑錄》均屬東林黨中，統計得一百八人，每人名下，無論是東林黨，非東林黨，但教與他未合，統列入東林黨中，編了一部《點將錄》，系以宋時梁山泊群盜綽號：比葉向高為宋公明，就叫他作及時雨。此外號繆昌期為智多星，文震孟為聖手書生，楊漣為大刀，惠世揚為霹靂火，鄭鄤為白面郎君，顧大章為神機軍師，也按著天罡地煞，分類編列。天罡星部三十六，地煞星部七十二，用了洛陽佳紙，蠅頭細楷，寫得明明白白，浼呈秀

074

獻與忠賢。忠賢識字無多，正苦東林黨人，記不勝記，唯梁山泊諸盜名目，從幼時得諸傳聞，尚含著腦筋中，未曾失憶。此番有了《點將錄》，正好兩兩對證，容易記著，便異常歡喜，目為聖書。究竟不及宋公明的天書。令王體乾等各抄一本，暗挾袖中。每閱廷臣章奏，先將《點將錄》檢覽，錄中姓氏相符，即黏紙條寸許，齎送忠賢直房。忠賢即除去紙條，奏請責處，奏處廷臣，與她密談。奉聖夫人有可有否，忠賢無不照允。到了宴統用紅紗大幔遮蔽，幔上繡著花鳥，彷彿如生，幔中陳列奉聖夫人細案，奉聖夫人入直處，幔對食，就把責處廷臣的方法，與她密談。奉聖夫人有可有否，忠賢無不照允。到了宴笑盡歡的時候，便相抱相偎，做一回鴛鴦勾當，內廷中人，沒一個不知曉。只因他權焰薰天，哪個去管這種閒事？大家都是過來人，原是不必多管。唯《天鑑錄》中，統是魏閹門下士，崔呈秀、田吉、吳淳夫、李夔龍、倪文煥，與主謀議，時人號為五虎。田爾耕、許顯純、孫雲鶴、楊寰、崔應元，代行殺戮，時人號為五彪。還有尚書周應秋，大僕寺少卿曹欽程等，出入閹門，時人號為十狗。此外又有十孩兒、四十孫名號，書不勝書。最有勢力的，要算崔呈秀，自復官後，不二年即進職兵部尚書，兼左都御史，興從烜赫，勢傾朝野，因此前時客、魏並稱，後來反變作崔、魏了。

先是神宗末年，朝局水火，黨派紛爭，有宣昆黨、齊黨、楚黨、浙黨諸名目。湯賓

第八十七回　魏忠賢喜得點將錄　許顯純濫用非法刑

尹、顧天埈，為宣昆黨魁首。亓詩教、周永春、韓浚、張延登，為齊黨魁首。官應震、吳亮嗣、田生金，為楚黨魁首。姚宗文、劉廷元，為浙黨魁首。四黨聯成一氣，與東林黨為仇敵。至葉向高、趙南星、高攀龍等，入掌朝綱，四黨氣燄漸衰，又有歙縣人汪文言，任俠有智，以布衣遊京師，輸貲為監生，黨附東林，計破他黨。向高嘉他同志，引為內閣中書。韓、趙南星、左光斗、魏大中等，俱與交遊，往來甚密。適桐城人阮大鋮，與光斗同里，光斗擬薦為吏科給事中，南星、攀龍等，以大鋮輕躁，不足勝任，乃改補工科，另用魏大中為吏科給事。大鋮遂與光斗、大中有嫌，暗託同寅傅櫆，劾奏文言，與光斗、大中，交通為奸。得旨將文言下獄。吏、工兩部，雖少有分別，然名位相等，大鋮即以此挾嫌，謀害左、魏。忠賢正深恨東林黨人，欲藉此為羅織計，復上疏申劾，只將文言廷杖除名，不及左、魏。幸鎮撫司劉僑，從御史黃尊素言，偏偏將他削籍除名，改用許顯純繼任。御史梁夢環，窺透忠賢意旨，復上疏申劾解事，因將他削籍除名，改用許顯純繼任。當由中旨傳出，再逮文言下獄，令許顯純鞫治。看官！你想顯純是魏閹門下有名的走狗，得了這個差使，自然極力承辦，盡情鍛鍊，獄連趙南星、楊漣、左光斗等二十餘人，還有故巡撫鳳陽都御史李三才，也牽連在內。三才當神宗時，以都御史出撫鳳陽，鎮淮十年，頗得民心，嘗與東林黨魁顧憲成，深相結納，憲成亦樂為揄揚。但材大

氣豪，不矜小節，多取多與，伐異黨同，以此干觸時忌，屢上彈章。三才倒也見機，累請辭官，甚至疏十五上，尚不得命，他竟掛冠自去（是為補敘之筆）。王紹徽《點將錄》中，亦曾列入，唯綽號加他托塔天王，不入梁山泊排行。熹宗暇時，亦由忠賢呈上《點將錄》，看到托塔天王四字，憒然不解。忠賢代為解說，謂：「古時有托塔李天王，能東西移塔，三才善惑人心，能使人人歸附，亦與移塔相似。」牽強附會，確是魏閹口吻。熹宗微笑無言。至是亦攔入案中，都誣他招權納賄，目無法律。這賄賂從何處得來？便把移宮一案，加在諸人身上。大理寺丞徐大化，至魏閹處獻策道：「選侍移宮，皇上亦嘗贊成，何贓可指？不若說他納楊鎬、熊廷弼等賄賂，較為有名。且封疆事關係重大，即使一併殺卻，後人也不能置議呢。」忠賢大喜，便囑徐大化照計上奏，一面令許顯純照奏審問。等到徐疏發落，顯純即嚴鞫文言，迭加慘刑，令他扳誣楊、左諸人。文言始終不承，至後來不勝搒掠，方仰視顯純道：「我口總不似你心，汝欲如何？我便依你。」顯純乃令松刑，文言忍痛躍起，撲案厲聲道：「天乎冤哉！楊、左諸賢，坦白無私，寧有受贓情弊？我寧死不敢誣人。」說畢，僕倒地上，奄然無語。顯純料不肯供，自檢一紙，捏寫文言供狀。文言復張目道：「你不要妄寫！他日我當與你對質。」顯純被他一說，倒也不好下筆，便令獄卒牽退文言。

第八十七回　魏忠賢喜得點將錄　許顯純濫用非法刑

是夕，即將文言掠斃，仍偽造供詞，呈將進去。楊、左兩人，各坐贓二萬，魏大中坐贓三千，御史袁化中坐贓六千，太僕少卿周朝瑞坐贓一萬，陝西副使顧大章坐贓四萬。忠賢得此偽證，飛騎逮六人系獄，由許顯純非法拷掠，血肉狼藉，均不肯承。光斗在獄中私議道：「他欲殺我，不外兩法：我不肯誣供，掠我至死，或夜半潛令獄卒，將我等謀斃，偽以病發報聞。據我想來，同是一死，不如權且誣供，俟移交法司定罪，再陳虛實，或得一見天日，也未可知。」周、魏等均以為然，俟再訊時，一同誣服。哪知忠賢陰險得很，仍不令移交法司，但飭顯純嚴行追贓，五日一比，刑杖無算，諸人始悔失計，奈已是不及了。自來忠臣義士，多帶呆氣，試想矯旨屢頒，已非一次，哪有天日可見？就使移交法司，亦豈能免死耶？

過了數日，楊漣、左光斗、魏大中，俱被獄卒害死，光斗、大中，死後均體無完膚，漣死尤慘，土囊壓身，鐵釘貫耳，僅用血衣裹置棺中。又逾月，化中、朝瑞亦斃，唯大章未死。群閹謂諸人潛斃，無以服人，乃將大章移付鎮撫司定罪。大章已死得半個，料知不能再生，便招弟大韶入獄，與他永訣，各盡一卮，慘然道：「我豈可再入此獄？今日當與弟長別了。」大韶號哭而出，大章即投繯自經。先是漣等被逮，祕獄中忽生黃芝，光彩遠映，適成六瓣。或以為祥，大章嘆道：「芝本瑞物，乃辱生此間，是即

為我等六人朕兆，還有什麼幸事！」後來果如所言，世稱為六君子。

六人已死，忠賢還飭撫按追贓，光斗兄光霱，坐累自盡，光斗母哭子亡身，家族盡破。大中長子學洢，微服隨父入京，晝伏夜出，欲稱貸贖父，父已斃獄，學洢慟哭幾絕，強起扶櫬，歸葬故里，日夕哭泣，水漿不入口，竟致喪命。趙南星、李三才，亦坐是削籍，飭所在撫按追贓。未幾，又將南星遣戍，終歿戍所。吏部尚書崔景榮，心懷不忍，當六君子未死時，曾請魏廣微諫阻。廣微本預謀此獄，不料天良未泯，居然聽信景榮，上了一道解救的奏章，惹得忠賢大怒，召入私第，當面喝斥。廣微汗流浹背，忙出景榮手書，自明心跡，忠賢尚嘲罵不已。廣微趨出，忙上疏求歸，景榮亦乞罷，先後去職。閣臣中如朱國楨、朱延禧等，雖未嘗反對魏閹，但亦不肯極力趨奉，相繼免歸。忠賢乃復引用周如磐、丁紹軾、黃立極，為禮部尚書，馮銓為禮部侍郎，入閣預事。紹軾及銓，均與熊廷弼有隙，遂以楊、左諸人，因贓斃獄，不殺熊廷弼，連楊、左一獄，也屬無名，乃將廷弼棄市，傳首九邊。可憐明廷一員良將，只為積忤權閹，死得不明不白。他如輕戰誤國的王化貞，曾經逮問論死，反邀赦免，竟獲全生。御史梁夢環，且奏言廷弼侵軍貲十七萬，劉徽又謂廷弼家貲百萬，應籍沒輸軍，中旨一概照准，命錦衣衛追贓籍產，絡繹道途。廷弼子兆珪，受迫不堪，竟至自刎。所有姻族，連類破產。武弁

第八十七回　魏忠賢喜得點將錄　許顯純濫用非法刑

蔡應陽為廷弼呼冤，立置重闢，太倉人孫文豸、顧同寅，作詩誄廷弼，又坐誹謗罪斬首。編修陳仁錫，修撰文震孟，因與廷弼同郡，亦均削籍。小子有詩嘆道：

逆予者死順予生，輾轉鈎連大獄成。
一部古今廿四史，幾曾似此敢橫行。

窮凶極惡的魏忠賢，意尚未足，還要將所有正人，一網打盡，說來煞是可恨，容小子下回再詳。

予閱此回，予心益憤，於逆閹等且不屑再責矣。但予不屑責及小人，予且不忍不責備君子。古聖有言：「邦有道，危言危行，邦無道，危行言孫。」又曰：「所謂大臣者，以道事君，不可則止。」蓋當煬灶蔽聰之候，正諸君子山林潛跡之時，非必其無愛國心也。天下事剝極必復，靜以俟之，或得一賢君御宇，再出圖治，容或未遲。乃必肆行掊擊，釀成大獄，填屍牢犴，血骴交橫，至懷宗踐阼而朝野已空，人之云亡，邦國殄瘁，其咎為無窮也。或謂明之亡不亡於邪黨，而亡於正人，言雖過甚，毋亦一春秋責備賢者之意乎？是諸君子之自速其亡，咎尚小，自亡不足，且致亡國，

第八十八回　興黨獄緹騎被傷　媚奸璫生祠迭建

卻說魏忠賢既除楊、左諸人，遂擬力翻三案，重修光宗實錄。御史楊維垣，及給事中霍維華，希旨承顏，痛詆劉一燝、韓、孫慎行、張問達、周嘉謨、王之寀，及楊漣、左光斗諸人，請旨將《光宗實錄》續行改修。又有給事中楊所修，請集三案章疏，仿《明倫大典》，編輯成書，頒示天下（《明倫大典》，見世宗時）。於是飭修《光宗實錄》，並作《三朝要典》（即神、光、熹三朝），用顧秉謙、黃立極、馮銓為總裁，施鳳來、楊景辰、孟紹虞、曾楚卿為副，極意詆斥東林，暴揚罪惡。梃擊一案，歸罪王之寀，說他開釁骨肉，既誣皇祖，併負先帝，雖粉身碎骨，不足蔽辜。紅丸一案，歸罪孫慎行，說他罔上不道，先帝不得正終，皇上不得正始，統由他一人釀成。移宮一案，歸罪楊漣，說他內結王安，外結劉一燝、韓，誣衊選侍，冀邀擁戴首功。大眾咬文嚼字，胡言亂

第八十八回　興黨獄緹騎被傷　媚奸璫生祠迭建

道，瞎鬧了好幾月，才得成書。忠賢令顧秉謙擬御製序文，載入卷首，刊布中外。

御史盧承欽，又上言：「東林黨人，除顧憲成、李三才、趙南星外，如高攀龍、王圖等，系彼黨中的副帥；曹於汴、楊兆京、史記事、魏大中、袁化中等，系彼黨中先鋒；丁元薦、沈正宗、李樸、賀烺等，系彼黨中敢死軍人；孫丕揚、鄒元標等，系彼黨中土木魔神，宜一切榜示海內，垂為炯戒。」忠賢大喜，悉揭東林黨人姓名，在籍家居，未曾被逮。唯黨中魁桀，已大半得罪，尚有高攀龍、繆昌期數人，各處張貼。是謂一網打盡。崔呈秀又欲殺死數人，遂入白忠賢，先用矯旨去逮高攀龍，攀龍聞緹騎將至，焚香沐浴，手繕遺疏，封固函內，乃授子世儒，且囑道：「事急方啟。」世儒未識情由，只好遵命收藏。攀龍復給令家人，計安排，都放心安睡，到了夜半，攀龍四顧無人，靜悄悄的著衣起床，加了朝服朝冠，望北叩頭，未免太迂。自投池中。翌晨世儒起來，趨入父寢，揭帳省視，只剩空床，慌忙四覓，但見案上留有一詩，隱寓自沉的意思。遂走向池中撈取，果得父屍。世儒泣啟遺緘，乃是遺疏數行，略言：「臣雖削籍，曾為大臣，大臣不可辱，辱大臣，與辱國何異？謹北向叩頭，願效屈平遺則，君恩未報，期結來生，望欽使馳此覆命！」句句是淚。世儒瞧畢，便繳與緹騎，緹騎攜疏自去。

082

攀龍，無錫人，學宗濂、洛，操履篤實，不愧碩行君子，死後無不悲感。唯呈秀尚以為恨，覆命將世儒逮獄，問成徒罪，蜥蜴無此險毒。再下手逮繆昌期。昌期嘗典試湖廣，策語引趙高、仇士良故事，暗諷魏忠賢。至楊漣劾忠賢二十四罪，或謂亦由昌期屬稿。高攀龍、趙南星迴籍，昌期又送他出郊，置酒餞行，執手太息。忠賢營墓玉泉山，乞昌期代撰碑銘，昌期又不允。以此種種積嫌，遂由呈秀慫恿，把他拘來。昌期慷慨對簿，詞氣不撓。許顯純誣他坐贓三千，五毒交加，十指墮落，卒死獄中。一道忠魂，又往西方。

第三著下手，是逮御史李應升、周宗建、黃尊素，及前蘇松巡撫周起元，吏部員外郎周順昌。應升嘗劾魏忠賢，有「千罪萬罪，千真萬真」等語，宗建亦劾忠賢目不識丁，尊素有智慮，見忌群小，以此一併被逮。會吳中訛言，尊素欲效楊一清誅劉瑾故事，聯繫蘇、杭織造李寔，授他祕計，令殺忠賢。忠賢聞信，忙遣私人至吳，偵探真偽。其實李寔是貪婪無恥，平時嘗諂附魏閹，並不及正德年間的張永（張永、楊一清事，均見前四十六回）一聞有人偵察，便尋豔入署，贈與金銀若干，託他辯明。且言：「自己與故撫起元，夙有嫌隙，或即由他造言汙衊，也未可知。」來人得了賄賂，自然依了李寔的言語，回報忠賢。忠賢翻閱《點將錄》，曾有起元名氏在內，又遣人到李

第八十八回　興黨獄緹騎被傷　媚奸璫生祠迭建

寔處，索取空印白疏，囑李永貞偽為寔奏，誣劾起元撫吳時，乾沒帑金十餘萬，且與攀龍等交好莫逆，謗毀朝廷，就仲介紹人士，便是吏部員外郎周順昌看官！這周順昌時已辭職，返居吳縣原籍，為何平白地將他牽入呢？原來魏大中被逮過吳，順昌留住三日，臨別淚下，願以女字大中孫。緹騎屢次促行，順昌瞋目道：「爾等豈無耳目？難道不知世間有好男子周順昌麼？別人怕魏賊，我周順昌且不怕，任你去告訴閹賊罷！」也覺過甚。緹騎入京，一五一十的報告忠賢，忠賢怒甚，就在李寔偽疏中，牽連進去。御史倪文煥，並舉順昌締婚事，奏了一本，當時魏閹權力，賽過皇帝，不過借奏牘為名目，好即出票拘人，當下緹騎復出，飛逮兩周。宗建與順昌同籍，先已逮去，不三日又有緹騎到來，吳中士民，素感順昌恩德，至是都代為不平。蘇撫毛一鷺，召順昌到署，開讀詔書，順昌跪聽甫畢，外面擁入諸生五、六百人，統跪求一鷺，懇他上疏解救。一鷺汗流滿面，言語支吾，緹騎見議久不決，手擲鎖鏈，琅然有聲，並呵叱道：「東廠逮人，哪個敢來插嘴！」語未已，署外又擁進無數市民，手中都執香一炷，擬為順昌籲請免逮，可巧聽著緹騎大言，便有五人上前，問緹騎道：「東廠不出旨，何處出旨？」緹騎還是厲聲道：「東廠乃敢出旨麼？」五人聞言，齊聲道：「我道是天子命令，所以偕眾同來，為周吏部請命，不意出

084

自東廠魏太監。」說著時,大眾都嘩噪道:「魏太監是朝廷逆賊,何人不知?你等反替他拿人,真是狐假虎威,打!打!打!」幾個打字說出,各將焚香擲去,一擁而上,縱橫毆擊,當場將緹騎毆斃一人,餘眾亦皆負傷,逾垣逸去。毛一鷺忙奔入內,至廁所避匿,大眾無從找尋,始各散去。恨不令一鷺吃屎。

順昌遂分繕手書,訣別親友,潛自赴都,入就詔獄。宗建、應升、尊素三人,先已受逮,彼此相見,各自嘆息。次日即由許顯純訊鞫,無非是答杖交下,鎖夾迭加。順昌尤大罵忠賢,被顯純指令隸役,椎落門牙。他且嚙血上噴,直至顯純面頰,呼罵益厲。顯純即於是夜密囑獄卒,把他結果了性命。三日出屍,皮肉皆腐,僅存鬚髮。宗建橫受箠楚,僵臥不能出聲,顯純尚五日一比,勒令交贓,並痛詆道:「看你還能罵魏公不識一丁麼?」尋即用沙囊壓宗建身,慘斃獄中。尊素知獄卒將要害己,即嚙指出血為詩,書於枷上,並隔牆呼應升別字道:「我先去了!」言已,即叩首謝君父,觸牆而死。越日,應升亦死。起元籍隸海澄,離京較遠,及被逮至京,順昌等均已遇害,顯純更橫加拷掠,迫令繳贓十萬。自然也同歸於盡了。時人以順昌等慘死詔獄,與楊、左諸人相同,遂與高、繆兩賢,並稱為後七君子。

第八十八回　興黨獄緹騎被傷　媚奸瑸生祠迭建

此外屈死的人，也屬不少，但資望不及諸賢，未免聲名較減，小子也不忍再錄。唯前刑部侍郎王之寀，後來亦被逮入京，下獄瘐死。前禮部尚書孫慎行，坐戌寧夏，還是知府曾櫻，令他從緩數月。慎行未行，忠賢已敗，才得免罪。又有吳中五人墓，合葬虎邱，傳播人口，雖是市中百姓，恰也旌表萬年。大書特書，隱為後人表率。看官聽說！這五人便是吳中市民的代表，叫做顏佩韋、楊念如、周文元、馬傑、沈揚。

先是緹騎被逐，毛一鷺即飛章告變，忠賢恰也驚心，忙飭一鷺查緝首犯。一鷺本魏閹義兒，好容易謀得巡撫，他本無才無能，幹不了什麼事，幸知府寇慎，及吳縣令陳文瑞，愛民有道，頗洽輿情。當下由一鷺下書，令府縣辦了此案。寇、陳兩官，自巡市中，曉諭商民，叫他報明首犯，餘俱從赦。商民尚未肯說明，還是那五人挺身自首，直認不諱。寇慎不得不將他拘住，稟知一鷺。一鷺又報告忠賢，忠賢令就地正法。五人被縛至市，由知府寇慎監刑，號炮一聲，勢將就戮。五人回顧寇慎道：「公繫好官，應知我等好義，並非好亂呢。」說罷，延頸就刃，面色如生。寇慎恰也不忍，但箭在弦上，不得不發，只得令市民好好收屍，含淚回署去訖。唯緹騎經此一擊，後來不敢徑出都門，忠賢也恐人心激變，稍從斂戢，是惡貫滿盈，天道有知，也不容他再橫行了。這且表過不提。

且說蘇、杭織造李寔，因前時被人造謠，幾乎獲罪，嗣蒙忠賢開脫，任職如故，不由得感激異常。浙江巡撫潘汝楨，又是個簽片官兒，平時很巴結魏閹，尋見魏閹勢力愈大，越想討好，每與李寔商議，要籌畫一個特別法兒，買動魏閹歡心。李寔很表同情，奈急切無從設法。汝楨日夜籌思，居然計上心來，不待與李寔商量，便即奏聞。看官道是何法？乃請就西湖勝地，闢一佳壤，為忠賢建築生祠。卻是妙法，為他人所未及。忠賢得疏，喜歡的了不得，當即矯旨嘉獎。湖上舊有關壯繆、岳武穆兩祠，相距不過半里，中留隙地，汝楨遂擇這隙地中，鳩工庀材，建立祠宇，規模宏敞，氣象輝煌，比關、嶽兩祠，壯麗數倍。汝楨遂擇這隙地中，應該把他殄毀。李寔被汝楨走了先著，自悔落後，急忙補上奏章，乞授杭州衛百戶沈尚文等，佟述功勳。祠已落成，李、潘兩人，朔望嘗親去拈香，並賜名普德，由閣臣撰文書丹，永守祠宇，世為祝崇報，中旨自然照准，並賜名普德。關、嶽有靈，應該把他殄毀。孰意一人創起，百人效尤，各地寡廉鮮恥的狗官，紛紛請援例建祠，無不邀准。挖苦得妙。且中旨命毀天下書院，正好就書院基址，改築魏公祠，恰是一舉兩便。不到一年，魏忠賢的生祠幾遍天下，小子試錄表如下：

蘇州普惠祠。松江德馨祠。巡撫毛一鷺，巡按徐吉同建。淮安瞻德祠。揚州霑恩祠。（總督漕運郭尚友，巡撫宋楨模、許其孝同建。）蘆溝橋隆恩祠。工部郎中曾國楨祠。

第八十八回　興黨獄緹騎被傷　媚奸璫生祠迭建

建。崇文門廣仁祠。宣武門懋勳祠。（順天府通判孫如冽，府尹李春茂，巡撫劉詔，巡按卓邁，戶部主事張化愚同建。）濟寧昭德祠。河東襃勳祠。（巡撫李精白，巡按李燦然、黃憲卿，及漕運郭尚友同建。）山西報功祠。（巡撫牟志夔、曹爾楨，巡按劉弘光同建。）大同嘉德祠。（巡撫王占，巡按張素養，汪裕同建。）登萊報德祠。（巡按李嵩建。）湖廣隆仁祠。（巡撫姚宗文，巡按溫皋謨同建。）四川顯德祠。（工部侍郎何宗聖建。）陝西祝恩祠。（巡撫朱童蒙，巡按莊謙、王大中同建。）徽州崇德祠。（知府頡鵬建。）通州懷仁祠。（督漕內監李道建。）昌平二鎮（亦屬通州）崇仁祠。彰德祠。（總督閻鳴泰建。）密雲崇功祠。（巡撫劉詔，巡按倪文煥同建。）江西隆德祠。（巡撫楊廷憲、巡按劉述祖同建。）林衡署中永愛祠。（庶吉士李若林建。）嘉蔬署中洽恩祠。（上林署中存仁祠。（上林監丞張永祚建。）

上述各祠，次第建設，鬥巧競工，所供小像，多用沉香雕就，冠用冕旒，五官四肢，宛轉如生人。腹中肺腑，均用金玉珠寶妝成。何不用狼心狗肺相代？髻上穴空一隙，俾簪四時香花。聞有一祠中像頭稍大，不能容冠，匠人性急，把頭削小，一闖抱頭大哭，嚴責匠人，罰令長跪三日三夜，才得了事。統觀上述諸祠，只供忠賢生像，惜未將奉聖娘娘一併供入，猶為缺點。每祠落成，無不拜疏奏聞。疏詞揄揚，一如頌聖，稱

他堯天舜德，至聖至神，何不去嘗忠賢糞穢？閣臣亦輒用駢文褒答，督餉尚書黃運泰，迎忠賢生像，甚至五拜五稽首，稱為九千歲。獨薊州道胡士容，不願築祠，為忠賢所知，矯旨逮問。遵化道耿如杞，入祠不拜，亦即受逮，由許顯純訊問拷掠，都累得九死一生。所有建祠碑文，多半施鳳來手筆，所有擬旨褒答，多出王瑞圖手筆。忠賢均擢他為禮部尚書，兼東閣大學士，入預機務。馮銓、顧秉謙反為同黨所軋，相繼歸休。到了天啟七年，監生陸萬齡，請以忠賢配孔子，忠賢父配啟聖公，疏中大意，謂：「孔子作春秋，魏公作要典；孔子誅少正卯，魏公誅東林黨人。理應並尊，同祠國子監。」司業林：見疏大笑，援筆塗抹，即夕掛冠自去。嗣經司業朱之俊代為奏請，竟得俞允，林反坐是削籍。小子有詩嘆道：

媚奧何如媚灶靈，蛆蠅甘爾逐羶腥。
一般廉恥銷磨盡，剩得汙名穢簡青。

建祠以後，有無荒謬事情，容俟下回續敘。

崔、魏力翻三案，非真欲翻三案也，為陷害東林黨計耳。前六君子，與後七君子，合成十三人，為逆閹構陷，死節較著。而高攀龍之自溺池中，最為得當而死，無辜被

089

第八十八回　興黨獄緹騎被傷　媚奸璫生祠迭建

逮，不死不止，與其死於黑索之下，何若死於白水之間？所謂蟬蛻塵穢，翛然泥而不滓者也。顏佩韋、楊念如等五人，率眾毆擊緹騎，實足為一時快意之舉。逆閹可以擅旨，市民亦何嘗不可擅為？況經此一毆，緹騎乃不敢輕出國門，犧牲者僅五人生命，保全者不止什百。虎邱遺壟，彪炳千秋，不亦宜乎？潘汝楨創築生祠，遂致各地效尤，遍及全國，觀其廉恥道喪，本不值汙諸筆墨，但為世道人心計，不得不表而出之，為後世戒。語有之：「豹死留皮，人死留名，」後之人毋汙名節，庶不負記者苦心云。

第八十九回　排后族魏閹謀逆　承兄位信邸登基

卻說天啟六年三月間，有遼陽人武長春往來京師，寄跡妓家，好為大言，當由東廠探事人員，指為滿洲間諜，把他拘住，當由許顯純掠治，張皇入奏。略說：「是皇上威靈，廠臣忠智，得獲敵間，立此奇功。」長春並非敵間，就使實為間諜，試問東廠所司何事？廠臣所食何祿？乃稱為奇功，令人羞死。當即優詔褒美，並封忠賢從子良卿為肅寧伯，得予世襲，並賜養贍田七百頃。是時薊、遼督師孫承宗，因魏閹陷害正士，擬入朝面奏機宜，閹黨早已聞風，飛報忠賢。忠賢哭訴帝前，立傳諭旨，飭兵部飛騎禁止。承宗已抵通州，聞命還鎮，閹黨遂痛詆承宗，目為晉王敦、唐李懷光一流人物。承宗遂累疏乞休，廷議令兵部尚書高第繼任。第恇怯無能，一到關外，即將承宗所設各堡，盡行撤去。唯寧前參師袁崇煥，誓死不徙。果然滿洲兵來攻寧遠，聲勢張甚，高第擁兵不

第八十九回　排后族魏閹謀逆　承兄位信邸登基

救，賴崇煥預備西洋大砲，擊退滿洲兵士。明廷聞報，乃將高第削職，另任王之臣為經略，且命崇煥巡撫遼東，駐紮寧遠（此段是帶敘之筆）。熹宗正日憂遼事，聞魏忠賢得獲敵間，差不多與除滅滿洲同一功績，因此特別厚賞。其實遼陽男子武長春，並不是滿洲遣來，為了多嘴多舌，平白地問成磔刑，連骨肉屍骸，無從還鄉，反弄好了一個魏忠賢。

是年滿洲太祖努爾哈赤病殂，傳位第八子皇太極，以次年為天聰元年，就是《清史》上所稱的清太宗（載明清太宗嗣位，為清室初造張本）。太宗一面與崇煥議和，一面發兵擊朝鮮，報復舊恨。為前時楊鎬出塞，朝鮮發兵相助之故。朝鮮遣使，嚮明廷告急。明廷只責成袁崇煥，要他發兵往援。崇煥正擬遣將東往，偏東江總兵毛文龍，也報稱滿兵入境，乞調兵增守。那時足智多能的袁崇煥，明知滿洲太宗，用了緩兵疑兵的各計，前來嘗試，怎奈緩兵計便是和議，不便照允，疑兵計恐要成真，不能不防。乃派水師援文龍，另遣總兵趙率教等，出兵三岔河，不過是牽制滿人，使他後顧。無如朝鮮的君民，實是無用，一經滿兵殺入，勢如破竹。朝鮮國王李倧，棄了王城，逃至江華島，看看餉盡援絕，只好派使向滿洲乞和，願修朝貢。滿洲太宗得休便休，就與朝鮮訂了盟約，調兵回國。

092

既而崇煥與王之臣未協，明廷召還之臣，令崇煥統轄關內外各軍。崇煥命趙率教守錦州，自守寧遠，驚聞滿洲太宗，親督大軍，來攻錦州，他知率教足恃，一時不致失守，獨遣總兵祖大壽，領了精兵四千，繞出滿兵後面，截他歸路。自督將士修城掘濠，固壘置炮，專防滿兵來襲。果然滿兵攻錦不下，轉攻寧遠，被崇煥一鼓擊退。滿洲太宗，再欲益兵攻錦州，聞有明軍截他後路，不得已整隊回去。祖大壽見滿兵回國，紀律森嚴，也是知難而退。崇煥拜本奏捷，滿望論功加賞，哪知朝旨下來，反斥他不救錦州，有罪無功，氣得崇煥目瞪口呆，情願乞休歸里；奏乞解職，有旨照准，仍命王之臣繼任。看官不必細猜，便可知是淫凶貪狡，妬功忌能的魏忠賢。原來各處鎮帥，統有閹黨監軍，閹黨只貪金錢，所得賄賂，一半中飽，一半獻與忠賢。前時熊廷弼得罪，孫承宗遭忌，無非為這項厚禮，不肯奉送的原故。此次袁崇煥督師關外，也有太監紀用監軍，崇煥只知防敵，哪肯將羅掘得來的餉項，分給閹人？紀用無從得手，忠賢何處分肥，以此寧、錦敍功，崇煥不預。解釋明白，坐實魏閹罪狀。

忠賢安坐京師，與客氏調情作樂，並未嘗籌一邊務，議一軍情，反說他安攘有功，得旨褒敍。安字註解，即是安坐繡幃中；攘字註解，當是攘奪的攘，或訓作攘內，意亦近是。還有王恭廠被火，又得敍功，王恭廠就是火藥局，夏季遇雷，火藥自焚，地中霹

第八十九回　排后族魏閹謀逆　承兄位信邸登基

霹聲，震響不已，煙塵蔽空，白晝晦冥，軍民暈僕，死了無數。忠賢足未出戶，閹黨薛貞，偏說他撲滅雷火，德可格天，又獲獎敘。餘嘗見有人慰失火書，說系吉人天相，薛貞所奏，毋乃類是。兵部尚書王永光，以天象告儆，請寬訟獄，停工作，慎票旨。給事中彭汝楠，御史高弘圖，亦上書奏請，大致相似，中旨斥他跡近諷刺，一併罷官。又因皇極殿建築告成，熹宗御殿受賀，這殿系魏、崔兩人督辦，太監李永貞，即表奏忠賢大功，吏部尚書周應秋，相繼奏陳，又是極力揄揚。熹宗大悅。竟破格加恩，特封忠賢為上公。忠賢從子魏良卿，前已晉封侯爵，至是又進授寧國公，加賜鐵券。從孫鵬翼為歲，封安平伯，從子良棟只三歲，封東安侯，崔呈秀為少傅。蔭子錦衣衛指揮，吏部尚書周應秋等十八人，俱加封宮保銜，工部侍郎徐大化、孫傑，升任尚書，魏士望等十四人，均升授都督僉事，各賜金銀幣有差。唯忠賢特別加賜，傅應星加太子太傅。寧國公魏良卿祿米，照忠賢例，各支五千石。閣臣擬旨錫封，悉擬曹操九錫田二千頃。曹操為中常侍曹騰從子，援例比擬，亦尚相合。內外章奏，各稱忠賢為廠臣，不得指名。要把大明江山，送與別人，原非容易，應該受此懋賞。會山東奏產麒麟，大學士黃立極等，上言廠臣修德，因致仁獸，何不逕稱堯舜，勸熹宗讓位忠賢？正是貢媚獻諛，無微不至，連忠賢自己，也不知自居何等呢。

忠賢以復仇修怨，均已快心，唯有一憾未了，免不得心存芥蒂。看官道是何憾？便是正位中宮的張皇后。張后深恨客、魏，因進諫不從，致疏宸眷。后亦無所怨望，唯以文史自娛，但熹宗生平，不喜漁色，待遇后妃，都不過淡淡相交，就是與后未協，亦無非怕她煩絮，並沒有特別嫌疑，所以客、魏等雖有讒言，熹宗始終不睬。會厚載門外，有匿名揭帖，備列忠賢逆狀，且及閹黨七十餘人，忠賢遂欲誣陷后父，即召私黨邵輔忠、孫傑兩人入商。兩人聞言，陡然一呆，彼此相覷。忠賢猛笑道：「這有何難？教你兩人合奏一本，只說后父國紀私張揭帖，且與中宮勾連，謀害廠臣，我想上頭覽奏，必要究治。后若因此被廢，我姪兒良卿，生有一女，年已及笄，好進立為后了。」曹操只做國丈，魏閹想做太國丈，比曹操又高一籌。兩人唯唯趨出，繕好一篇奏草，但心中總尚畏禍，不敢徑呈。猛然想到順天府丞劉志選，年老嗜利，可浼他出頭。當下相偕往見，說明意思，並示他奏稿。志選暗想道：「我年已老，不妨一行。他日忠賢失勢，我已不知死在何處？今日趁他專權，幫一個忙，必有重賞到來，我享了幾年榮華富貴，再作計較。」到老尚不看破，勢利之害人如此。隨即欣然領命，錄奏進呈。疏中極論后父國紀罪狀，結末數語，有「毋令人訾丹山之穴，藍田之種」云云。奏上數日，並不見有批答下來。御史梁夢環，復申論志選奏章，故意詰問丹山藍田二語。熹宗仍然不答，唯

第八十九回　排后族魏閹謀逆　承兄位信邸登基

密飭國紀自新。國紀知為忠賢所嫉，竟見幾遠引，飄然回籍去了。

忠賢見此計不成，又想了一策，暗募壯士數人，懷藏利刃，伏匿殿中，自己恰預報熹宗。至熹宗御殿視朝，先遣錦衣衛搜查，果然獲住懷刃的壯士。當下縛交東廠，令忠賢發落。忠賢欲令壯士誣供后父，說他意圖不軌，謀立藩王，可巧王體乾入白他事，忠賢即與熟商，體乾道：「皇上諸事糊塗，獨待遇兄弟夫婦，恰也不薄。倘若意外生變，我等恐無噍類了。」得此一沮，不知是閹黨的運氣，還是張后的運氣？忠賢沉吟半晌，方道：「這卻也是可慮呢。但縛住的壯士，如何處置？」體乾道：「速即殺卻，免得多口。」忠賢復為點首，依計而行，只晦氣了數名壯士。此著恰不及曹操，曹操能弒伏后，忠賢不能弒張后，這尚未免膽小呢。熹宗哪知就裡，總教他已經處治，便算了事。

魏忠賢心尚未死，險毒小人，非此不止。但熹宗尚有三個叔父，留住京邸，一個是瑞王常浩，一個是惠王常潤，一個是桂王常瀛，都是神宗皇帝的庶子，欲要舉行大事，必須將他三位皇叔，盡行外徙。當下嗾令御史張訥，疏促就藩，於是瑞王赴漢中，惠王赴荊州，桂王赴衡州，儀物禮數，務從貶損。熹宗反聽信邪言，嘉他節費為國，褒美廠臣。既而享祀南郊，祭薦太廟，竟遣寧國公魏良卿往代，雖然做候補皇帝，

且加封良卿為太子太師。太師兩字，實可截去，不如竟稱太子為是。世襲伯爵魏良棟加封太子太保，魏鵬翼加封太子少師，如何為東宮師保？此種命令，比演戲還要弗如。崔呈秀適遭父喪，詔令奪情視事，不用縗絰，且任他為兵部尚書，兼職少傅及太子太傅，並左都御史。明朝二百數十年間，六部九卿，從沒有身兼重職，與呈秀相似，這都是熹宗寵任魏閹，推恩錫類，及義兒。又賜奉聖夫人金幣無數，加恩三等，予蔭子姪一人，世襲錦衣衛指揮。任你如何封贈，總未饜他慾望。

從前熹宗親祀方澤，乘便遊幸西苑，與客、魏並駕大舟，泛入湖中，暢飲為歡。偏是熹宗素性好動，飲至半酣，竟欲改乘小舟，自去泛棹，當由二小璫隨帝易船，船前後各坐一閹，划槳而去。熹宗坐在船中，也手攜片槳，順流搖盪，不意一陣大風，刮將過來，竟把小舟吹覆，熹宗竟墮入波心，灌了一肚子的冷水。還虧湖中另有他船，船上載有侍從，七手八腳，得將熹宗救起，兩小璫墮水多時，不及施救，竟至溺死。彷彿與正德皇帝相似。客、魏所乘的大舟，相去不過里許，他只對斟酎飲，佯作不知。兩人正在行樂，還顧什麼皇帝？加一倖字，恐太鍛鍊。熹宗遭此一嚇，染病了好幾日，幸為張后所聞，宣召太醫數人為帝醫治，總算告痊，但病根自此種著，常有頭暈腹瀉諸疾。且熹宗好動惡逸，年已逾冠，尚有童心，或鬥雞，或弄貓，或走馬，或捕鳥，或打鞦韆，或

第八十九回　排后族魏閹謀逆　承兄位信邸登基

蹴毬蹴踘。又有兩大嗜好，一喜削雕琢，（削事已見前文，見八十四回。）雕琢玉石，頗也精工，嘗賜客、魏二人金印，各重三百兩。魏忠賢的印中，刻有「欽賜顧命元臣」數字，客氏的印中，刻有「欽賜奉聖夫人」數字，相傳俱由熹宗自刻。此外所刻玉石，隨賜宮監，也不勝數。甚且隨手拋棄，視作廢物罷了。一喜看戲扮演，熹宗嘗在懋勤殿中，設一隧道，召入梨園子弟，就此演劇，台榭畢具，暇時輒與客、魏兩人，看戲為樂。一夕，演《金牌記》，至《瘋僧罵秦檜》一出，魏閹匿入屏後，不敢正視。也有天良發現時。熹宗故意宣召，還是客氏設詞應答，替他求免。又嘗創演水傀儡戲，有《東方朔偷桃》，及《三保太監下西洋》等劇，裝束新奇，扮演巧妙。熹宗每召張后同觀，后屢辭不獲，勉與偕行。熹宗卻口講指畫，與后笑談。后微笑無語，熹宗嘗盡興的時候，竟挈內侍高永壽、劉思源等，親自登台，扮演宋太祖夜訪趙普故事。到了看戲自裝太祖，應仿雪夜戎裝景象，雖當盛暑，也披兜服裘，不憚揮汗，為此種種嬉戲，遂釀成許多病症。二十多歲的人物，偏尫瘠異常，面少血色，尚書霍維華，製造一種靈露飲，說系特別仙方，久服可以長生。又有仙方出現。什麼叫做靈露飲呢？相傳用粳糯諸米，淘盡糠粃，和水入甑，用桑柴火蒸透，甑底置長勁空口大銀瓶一枚，俟米溶成液，潺出清汁，流入銀瓶，取出溫服，味如醍醐，因此贏一美名，叫做靈露飲，進供御食。

熹宗飲了數匙，清甘可口，遂令維華隨時進呈。哪知飲了數月，竟成了一種臌脹病，起初是胸膈飽悶。後來竟渾身壅腫，遂致奄臥龍床，不能動彈。煮米取汁，當不至釀成脹病，想此係別有隱疾，不得過咎維華。御醫診治無效，眼見得病象日危，去死不遠了。熹宗無嗣，只有皇弟由檢，曾封信王，尚居京師，當下召他入宮，自言病將不起，令承大統。信王固辭，經熹宗叮囑再三，勸他不必謙讓，勉為堯舜之君，信王始含淚受命。熹宗又道：「皇后德性幽閒，你為皇叔，嗣位以後，須善為保全。魏忠賢、王體乾等，均恪謹忠貞，可任大事。」信王也唯唯允諾。善事中宮之諭，見得熹宗尚有恩情，至囑及委任權閹，殊屬至死不悟。嗣復召各部科道入宮，約略面諭，大致仍如前言。信王及眾大臣等，暫且退出，越宿大漸，又越宿駕崩，共計在位七年，只二十三歲。

皇弟由檢，系光宗第五子，為劉賢妃所生，劉妃早歿，由李選侍撫育成人。李選侍便是東李（應八十一回），名位本居西李上，獨得寵不及西李。天啟初曾冊封莊妃，莊妃素嫉魏閹，恆呼他為女鬼。魏閹聞知，遂與客氏相連，交譖帝前，並將莊妃宮中應給服食，一概裁損。莊妃遂憂鬱成疾，漸成癆症。皇五子每日晨起，叩首禱天，復退謁莊妃，莊妃抱病與遊，至東宮後面，置有二井，皇五子戲汲井中，得一金魚，再汲次井，仍有金魚出現。莊妃稍開笑顏，語皇五子道：「此乃異日吉兆。」語至此，復嗚咽道：

第八十九回　排后族魏閹謀逆　承兄位信邸登基

「可惜我不得相見了。」皇五子隨說夢徵，謂：「夜間熟寢時，見有金龍蟠著殿柱，陡被驚寤」云云。莊妃道：「龍飛九五，也是禎祥，但不應洩漏為是。」皇五子亦私自心喜，隨著莊妃回宮。到了熹宗歸天，莊妃早已去世了（敘入此段，為莊妃封后伏線）。

熹宗崩後，由魏忠賢夜召信王，信王素知忠賢奸邪，自覺背生芒刺，沒奈何同他入宮。翌晨，諸大臣俱入宮哭臨，忠賢憑棺大慟，雙目並腫，既而呼崔呈秀入談，密語多時，無人與聞。或云忠賢謀逆，呈秀以時機未至，才行罷議，或謂由張后保護信王，魏閹無從下手，這且不必細說。單說信王由檢，擇日即位，以次年為崇禎元年，世稱為崇禎帝，後來號為懷宗，亦稱毅宗。即位這一日，忽聞天空有聲，惹得大眾驚疑起來。司天監謂為天鼓忽鳴，主兆兵戈。是明祚將終預兆。但因新主登極，相率諱言。響聲亦止。魏忠賢上表辭職，有詔不許，唯奉聖夫人客氏，令出外宅。客氏就梓宮前，出一小函，用黃色龍袱包裹，內貯熹宗胎髮痘痂，及累年落齒剃髮等，一一檢出焚化，痛哭而去，閹黨稍稍自危。不意逆閹門下走狗楊維垣，竟先糾劾崔呈秀，不守父喪，顯違禮制，解鈴還是繫鈴人。奉旨免呈秀官，勒令回籍。呈秀一去，彈劾魏閹的奏章，陸續進呈，有分教：

妖霧常霾只畏日，冰山忽倒又回陽。

欲知魏閹得罪情形，待至下回再表。

本回敘熹宗絕續之交，見得魏閹實具逆謀，不過因種種障礙，以致中沮，說者謂王體乾、崔呈秀輩，諫阻逆謀，不為無功。詎知自古以來，無逆閹篡國之理，王體乾、崔呈秀輩，並非效忠明室，不過援情度理，自知難成耳。然明朝元氣，已為魏閹一人，削殆盡，魏閹雖未篡國，實足亡國，百世而下，猶播腥聞，不特為有明罪人已也。獨怪熹宗之失，不過嬉戲，而貽禍至於如此，魯昭公猶有童心，君子知其不終，觀熹宗而益信矣。

第八十九回　排后族魏閹謀逆　承兄位信邸登基

第九十回 懲淫惡闔家駢戮 受招撫渠帥立功

卻說懷宗嗣位以後，當有人彈劾魏、崔兩人。崔呈秀已經罷官，那魏忠賢亦被廷臣糾彈。工部主事陸澄源，首先奏劾，次即主事錢元愨，又次為員外史躬盛，還有嘉興貢生錢嘉徵，更劾忠賢十大罪：一併帝；二蔑后；三弄兵；四無二祖列宗；五剋削藩封；六無聖；七濫爵；八掩邊功；九傷民財；十通關節。均說得淋漓痛切，無惡不彰。此時卻何止十大罪？就是楊漣所奏二十四罪，也嫌未足。忠賢聞有此疏，忙入宮哭訴。魏閹用不著。懷宗命左右朗讀原疏，嚇得忠賢驚心動魄，只是磕著響頭，蓬蓬勃勃，大約有數十百個。隨被懷宗叱退，忠賢急得沒法，忙至私第取出重寶，往會信邸太監徐應元，賄託調停。應元本忠賢賭友，倒也一力擔承，便入謁懷宗，替他說情。懷宗不待說畢，即把他一頓斥責，攆出宮門。次日即傳出嚴旨，表明魏忠賢罪狀，謫置鳳陽，司香祖

第九十回　懲淫惡閫家駢戮　受招撫渠帥立功

陵。徐應元亦謫守顯陵，忠賢束裝就道，護從尚數百人，復經言官訐奏，更頒諭旨，飭兵部發卒逮治。諭中有云：

逆惡魏忠賢，盜竊國柄，誣陷忠良，罪當死。姑從輕降發鳳陽，不思自懲，猶畜亡命之徒，環擁隨護，勢若叛然。著錦衣衛速即逮訊，究治勿貸！

忠賢此時，方至阜城，寓宿驛舍，忽由京中密報諭旨，料知錦衣衛到來，被拘入京，必至伏法，遂與乾兒李朝欽，對哭一場。雙雙解帶，自縊身亡。懷宗聞忠賢自盡，飭將家產籍沒，並逮魏良卿下獄。一面查客氏家資，搜得宮女八人，多懷六甲。看官道是何故？原來熹宗無子，屬望頗殷，客氏出入掖廷，竟帶出宮女若干名，令與子弟同寢，好使懷妊，再進宮中，謀為以呂易嬴，以牛代馬的祕計（以呂易嬴，是晉朝小吏牛金故事）。懷宗命太監王文政訊究，那一班弱不勝衣的宮女，怎禁得刑驅勢迫，一經恫嚇，便一一吐出實情，歸罪客氏，文政據實奏陳，觸起懷宗怒意，立命將客氏拘至浣衣局，掠死杖下。於是窮奢極欲，挾權怙勢的老淫婦，把雪白的嫩肌膚，去受這無情刑杖，挨不到數十下，便已玉殞香銷，慘赴冥司，與成妃李氏，裕妃張氏，及馮貴人等，對簿坐罪去了。也有此日，令人浮一大白。

104

客氏弟客光先、子侯國興，一同拘到，與前封寧國公魏良卿，俱綁至法場，一刀一個，送他歸陰。所有客、魏家屬，無論長幼男女，盡行斬首。有幾個乳兒嬰孩，尚是眠睡未醒，也被劊子手一時殺盡。都下人士，統說是客、魏陰毒，應該受此慘報，並沒有一人憐惜。可見福善禍淫，古今常理，君子樂得為君子，何苦陷害好人！肆行無忌，弄到這一番結果呢？當頭棒喝。

客、魏已誅，閹黨失勢，給事中許可徵，復劾崔呈秀為五虎首領，宜肆市朝。詔令逮治，並籍家產。呈秀歸薊州，聞這消息，羅列姬妾，及諸般珍玩，呼酒痛飲，飲盡一卮，立將酒卮擲去，隨飲隨擲，擲碎了數十卮，乃闔戶自縊。山陰監生胡煥猷，越俎上書，極論黃立極、施鳳來、張瑞圖、李國𣚴等，身居揆席，一意媚閹，並應斥罷。懷宗以祖宗舊例，生監不得言事，便將煥猷論杖除名。黃立極料難久任，辭職歸休。施鳳來等尚是戀棧，懷宗頗也動疑，便令九卿科道，另薦閣臣，仿古時枚卜遺典，將所薦閣臣姓名，貯入金甌，焚香肅拜，依次探取，得錢龍錫、李標來、宗道、楊景辰四人。復因天下多事，更增二人，又得周道登、劉鴻訓，遂並命入閣，同為大學士。罷施鳳來、主，全憑君主藻鑑，豈得暗中摸索，便稱得人？懷宗首為此舉，已是誤事。輔臣以得人為張瑞圖、李國𣚴等。國𣚴在三人中，還算持正，就是罷官歸去，也是他自己乞休。臨行

第九十回　懲淫惡闔家骈戮　受招撫渠帥立功

時，並薦韓、孫承宗自代，懷宗乃復召韓入閣。尚未至，閹黨楊維垣等，又力詆東林黨人，明斥韓。謂與崔、魏等，同為邪黨。你算不是邪黨，如何前時阿附崔、魏？編修倪元潞，上疏駁斥，且請毀《三朝要典》，其詞云：

挺擊紅丸移宮，三議哄於清流，而《三朝要典》一書，成於逆豎。其議可兼行，其書必當速毀。蓋當事起議，與盈廷互訟，主挺擊者力護東宮，爭挺擊者計安神祖；主紅丸者仗義之言，爭紅丸者原情之論；主移宮者彈變於幾先，爭移宮者持平於事後。數者各有其是，不可偏非也。未幾而魏閹殺人，則借三案，群小求富貴，則借三案，三案面目全非矣。故凡推慈歸孝於先皇，正其頌德稱功於義父。批根今日，則眾正之黨碑；免死他年，即上公之鐵券。由此而觀，三案者天下之公議，《要典》者魏氏之私書，三案自三案，《要典》自《要典》，以臣所見，唯毀之而已。夫以閹豎之權，而役史臣之筆，互古未聞，當毀一；未易代而有編年，不直書而加論斷，若云彷彿《明倫大典》，則是魏忠賢欲與肅皇帝爭聖，崔呈秀可與張孚敬比賢，悖逆非倫，當毀二；矯誣先帝，假竊誣偽撰宸編，既不可比司馬光《資治通鑑》之書，亦不得援宋神宗手製序文為例，妄，當毀三；況史局將開，館抄具備，七載非難稽之世，實錄有本等之書，何事留此駢枝，供人唾罵？當毀四。願敕部立將《要典》鋟毀，一切妖言市語，如舊傳點將之謠，

106

新騰選佛之說，毋形奏牘，則廓然蕩平，邪慝去而大經正矣。伏唯聖鑑施行！（此折最為持平，故錄述一斑。）

先是魏閹伏法，所有歷年獎敕，盡行收還，各處生祠，盡行撤除，至是復毀去《三朝要典》，乃將閹黨所著邪議，一律推翻，遂贈卹天啟朝被害諸臣，如前六君子，後七君子等，概贈官爵，悉予嘉諡，罷免追贓，釋還家屬。內外人心，喁喁望治。既而韓至京，命為首輔，令定魏閹逆案，不欲廣搜窮治，僅列四十五人，呈入擬罪。懷宗不悅，命再鉤考，且面諭韓道：「忠賢不過一個內豎，乃作奸犯科，無惡不作，若非內外臣僚，助他為虐，哪有這般凶暴？現在無論內外，須要一律查明，共同加罪，任情羅織。」明刑敕法法呢。」復奏道：「外廷臣工，未知內事，不便捉風捕影，任情羅織。」懷宗微笑道：「只怕未必，大約不敢任怨，所以佯作不知。明日朕當示卿。」言畢，即退殿入宮。越日，又召見韓等人，指案上布囊，語等道：「囊中章奏累累，統是逆閹舊黨，贊導擁戴，頌美諂附，卿可一一案名，列表懲處。」又叩首道：「臣等職司輔導，不習刀筆。」懷宗面有慍色，又顧吏部尚書王永光道：「卿系職掌銓衡，彰善癉惡，應有專責。」永光亦回奏道：「臣部止任考功，未曾論罪。」閹黨罪惡滔天，害人奚止十百？此次懷宗踐阼，敕定逆案，正當羅列無遺，為後來戒，乃彼推此諉，果屬何為？懷宗又回顧刑部喬

107

第九十回　懲淫惡闔家駢戮　受招撫渠帥立功

允升，及左都御史曹於汴道：「這是二卿的責任，不要再推諉了。」當下命左右攜下布囊，繳給允升，自己竟下座進內。允升不能再諉，只好與曹都御史，捧囊出來，啟囊檢視，按名列表，共得二百餘人，呈入欽定。懷宗親自裁奪，科罪七等。首逆魏忠賢、客氏，依謀反大逆律，梟首磔屍。次與首逆同謀，如崔呈秀、魏良卿、侯國興等六人，立即斬決。又次為交結內侍，如劉志選、梁夢環、倪文煥、許顯純等十九人，均擬斬首，秋後處決。還有交結近侍次等，如魏廣微、周應秋、閻鳴泰、楊維垣等十一人，及逆孽魏志德等三十五人，一併充軍。再次為詔附擁戴，如太監李寔等十五人，亦俱充軍。又有交結近侍末等，如顧秉謙、馮銓、王紹徽等一百二十八人，俱坐徒三年。最輕是交結近侍減等，如黃立極等四十四人，俱革職閒住。這二百多名罪人，統榜列姓名，各注罪狀，刊布中外，且飭刑部照案懲辦，不得再縱。於是客、魏兩賊的屍首，再加寸磔，處置外已經伏法，不必再核，未經伏法的罪犯，悉照欽定逆案，應斬應戍應徒應革職，處置了結。八千女鬼，化作春婆，不消細說。

且說懷宗生母劉賢妃，生前已經失寵，歿葬西山。懷宗年甫五歲，未識生母瘞所，詢及近侍，方知窀穸所在，密付內侍金錢，具楮往祭。到了即位，追尊生母為孝純皇后。且因東李莊妃，鞠育有恩，特上妃封號，並賜妃弟李成棟田產千頃，廟號

大行皇帝為熹宗，尊熹宗后張氏為懿安皇后，立后周氏，冊田氏、袁氏為妃，為下文伏筆。典禮粗定，謀修治術，起袁崇煥為兵部尚書，督師薊、遼。崇煥至都，入見平台，懷宗諮及平遼方略，崇煥對道：「願陛下假臣便宜，約五年可復全遼。」懷宗心喜，又問了數語，入內少憩。給事中許譽卿，便問崇煥道：「五年的限制，果可踐言否？」崇煥道：「皇上為了遼事，未免焦勞，所以特作慰語。」譽卿道：「主上英明，豈可漫對？倘若五年責效，如何覆命？」崇煥俯首不答。自知說錯，所以俯首，然後來被置重闢，已伏於此。既而懷宗復出，崇煥又上前跪奏，略言：「遼事本不易奏功，陛下既已委臣，臣亦不敢辭難。但五年以內，戶部轉軍餉，工部給器械，吏部用人，兵部調兵遣將，須內外事事相應，方能有濟。」懷宗道：「朕知道了。朕當飭四部大臣，悉如卿言。」崇煥又奏稱制遼有餘，杜讒不足，一出國門，便成萬里，設有妒功忌能的人員，便足壞事。懷宗聞言，為之起座道：「卿勿疑慮，朕當為卿作主便了」。大學士劉鴻訓等，復請賜崇煥尚方劍，令便宜從事。懷宗概行照允，即遣崇煥去訖。

忽接福建巡撫熊文燦奏章，內稱海盜鄭芝龍，已經招降，應乞加恩授職等語。小子敘到此處，不得不將芝龍來歷，詳述一遍。芝龍泉州人，父名紹祖，為泉州庫吏。太守蔡善繼公出，突被一石子擊中額上，立飭衛卒查捕。嗣捕到一個幼童，問明姓氏，

第九十回　懲淫惡闔家駢戮　受招撫渠帥立功

便是庫吏紹祖子芝龍。紹祖聞報大驚，急忙入署待罪，巧值芝龍出來，謂已蒙太守釋放，紹祖不知就裡，再入謁太守，叩首請罪。善繼笑道：「芝龍便是你子麼？我見他相貌非凡，他日必當富貴，現在年尚幼稚，稍有過失，不足為罪，我已放他去了。」以貌取人，失之芝龍。紹祖才叩謝回家。後來善繼去任，紹祖病逝，芝龍貧不能存，竟與弟芝虎流入海島，投海盜顏振泉屬下，去做剽掠勾當。振泉身死，眾盜無主，欲推一人為首領，一時不能決定。嗣經大眾公議，禱天擇帥，供起香案。案前貯米一斛，用一劍插入米中。各人次第拜禱，劍若躍出，即推何人為長。說也奇怪，別盜拜了下去，劍仍一毫不動，偏偏輪著芝龍拜禱，那劍竟陡然躍出，擲地有聲。真耶假耶？大眾疑為天授，遂推芝龍為盜魁，縱橫海上，官兵莫與抗衡。閩中長官，以善繼有德芝龍，再調任泉州道，貽書招撫。芝龍頗也感德，覆書願降，獨芝虎不從，率眾大嘩。芝龍沒法，仍留踞海島，劫掠為生。福建巡撫朱一馮，新任撫缺，決計剿捕，遂遣都司洪先春，把總許心素、陳文廉，從陸路出師，兩路夾攻，總道是可滅芝龍，哪知陸軍失道，只有洪先春舟師，進攻海島，日間戰了一仗，還是勝負相當，夜間由芝龍潛遣盜眾，繞出先春後面，襲擊先春，芝龍又從前面殺出，兩下裡夾擊官軍，害得先春跌前蹶後，身被數刃，拚命走脫。芝龍也不追趕，擒住了一個盧游擊，恰好生看待，釋令還閩。

110

唯明廷接得敗報，撤去朱一馮，改任熊文燦。文燦到任，溫言招諭，且言歸降以後，仍得統轄原部，移作海防。芝龍乃率眾降順，文燦即飛章奏聞。給事中顏繼祖，上言芝龍既降，應責令報效，方可酌量授職。懷宗准奏，當將原疏抄發到閩，令文燦照辦。文燦轉諭芝龍，芝龍恰也允諾。當時海盜甚多，李魁奇、鐘彬、劉香老等，統是著名盜目，出沒海鄉。芝龍先擊李魁奇，魁奇戰敗，走入粵中，被芝龍追殺過去，一炮轟斃。復移眾攻鐘彬，恰也戰勝了好幾仗，彬竟竄死。文燦又復奏聞，乃有旨授芝龍為游擊。芝龍得了官職，復大擊劉香老。香老為盜有年，寇掠閩廣沿海諸邑，勢甚猖獗。芝龍與他角逐海上，正是旗鼓相當，差不多的本領。香老因閩海邊防，得一芝龍，恰是勁敵，不如竄入粵海，當下鼓行而南。粵中相率戒嚴。明廷升調熊文燦為兩粵總督，文燦仍用招撫的老法兒，命守道樊雲蒸，巡道康永祖，參將夏之本、張一傑等，同往撫諭。偏偏香老不從，竟把他四人拘住，急得文燦倉皇失措，飛調鄭芝龍到粵，並撥粵兵相助，進擊田尾遠洋。香老見閩、粵聯兵，戰艦麇至，料知不是對手，遂硬脅樊雲蒸出舟，止住來兵。雲蒸大呼道：「我已誓死報國了，諸君努力擊盜，正好就此聚殲，切勿失此好機會呢！」數語甫畢，已被盜眾殺死。參將復之本、張一傑等，自知難保，索性奪刀奮鬥。芝龍見寇船大噪，飛行過去，登舟一躍，縱上盜船，部眾次第躍上，亂殺亂

第九十回　懲淫惡闔家骈戮　受招撫渠帥立功

剁，霎時間掃得精光，把康永祖及夏、張二參將，一齊救出，上前圍裏香老坐船。香老支撐不住，欲走無路，沒奈何縱火自焚，與船同盡。小子有詩嘆道：

海上橫行已有年，一朝命絕總難全。
殺人尋亦遭人殺，果報循環自有天。

（此詩別具感慨，並非專指劉香老。）

香老自盡，海氛頓息，芝龍得升任副總兵，欲知後事，且看下回。

魏忠賢惡貫滿盈，中外切齒，但偽恭不及王莽，善詐不及曹操，無拳無勇，職為亂階，故以年少之崇禎帝，驟登大位，不假手於他人，即行誅殛，可見當日明臣，除楊、左諸人外，大都貪鄙齷齪，毫無廉恥，魏閹得勢，即附魏閹，魏閹失勢，即劾魏閹，楊、左諸人，伉直有餘，權變不足，故俱遭陷害；否則如韓琦之治任守忠，楊一清之除劉瑾，摔而去之，尚非難事，何至殘善類而殘國脈耶？若夫鄭芝龍一海盜耳，善於駕馭，非不可為我用，觀其擊殺群盜，所向有功，亦似一海外干城，但只可任之為偏裨，不能予之以特權，若終其身為游擊副總兵，亦不至有日後事

矣。故唯有大材智者乃足以御奸,亦唯有大材智者並足以使詐,惜乎明廷內外之未得其人也。

第九十回　懲淫惡闔家駢戮　受招撫渠帥立功

第九十一回 徐光啟薦用客卿　袁崇煥入援畿輔

卻說懷宗用枚卜遺制，採得錢龍錫、李標來、宗道、楊景辰、周道登、劉鴻訓等六人，同時入閣，總道是契合天心，定可得人，哪知來、楊兩臣，系魏閹餘黨，景辰且曾為《三朝要典》副總裁，一經授職，廷臣已是大嘩，後來章章彈劾，乃將來、楊兩人罷官。劉鴻訓素嫉閹黨，次第斥楊維垣、李恆茂、楊所修、孫之獬、阮大鋮等，人心大快。獨閹黨餘孽猶存，恨劉切骨。會惠安伯張慶臻，總督京營，敕內有「兼轄捕營」語，提督鄭其心，謂有違舊例，具折訐陳。懷宗以所擬原敕，本無此語，因御便殿問諸閣臣，閣臣俱云未知。既而御史吳玉言：「由鴻訓主使，兵部尚書王在晉，及中書舍人田嘉璧，統同舞弊。」乃將鴻訓落職，謫戍代州，王在晉削籍，田嘉璧下獄。未免有人傾害，閣臣去了三人，免不得又要推選。廷臣列吏部侍郎成基命，及禮部侍郎錢謙

第九十一回　徐光啟薦用客卿　袁崇煥入援畿輔

益等，共十一人，呈入御定。禮部尚書溫體仁，與侍郎周延儒，早已望為宰輔，偏偏此次廷推，兩人均不在列，當下氣憤填胸，遂將這廷推十一人中，吹毛索瘢，有心尋釁。巧巧查得錢謙益，曾典試浙江，略涉嫌疑，即劾他營私得賄，不配入閣。謙益後為貳臣，心術固不甚可取，但溫、周二人，誤明亡國，罪比謙益尤甚。原來天啟二年，謙益為浙江典試官，適有奸人金保元、徐時敏等，偽作關節，用一俚句，有「一朝平步上青天」七字，謂嵌入七義結尾，定可中選。試士錢千秋，本是能文，因求名性急，遂依了金、徐兩人的密囑，入場照辦。揭曉以後，果然中了第四名。後來探得確音，本房擬薦第二，被主司抑置第四，料知關節非真，竟與保元、時敏相爭，索還賄賂，貓口裡挖鰍，也是多事。兩造幾至用武，鬧得天下聞名。至部科磨勘，卷中實有此七字，報知謙益。謙益大驚，忙具疏劾奏二奸，案情已成過去。此次又為體仁訐發，當由懷宗召入謙益，與體仁對質。謙益雖未受賕，究竟事涉嫌疑，只好婉言剖辯。偏體仁盛氣相凌，言如泉湧，且面奏懷宗道：「臣職非言官，本不必言，會推不與，尤宜避嫌不言，但枚卜大典，關係宗社安危，謙益結黨受賕，沒人訐發，臣不忍見皇上孤立，所以不得不言了。」懷宗英明好猜，英明是好處，好猜是壞處。久疑廷臣植黨，聞體仁言，再三點首。此時閣部科

道,亦均被召,多為謙益辯白。吏部給事中章允儒,尤痛詆體仁,激得懷宗怒起,命禮部繳進千秋原卷,指斥謙益,謙益不得已引罪。體仁在天啟初,已官禮部,當時不聞糾彈,直至此時訐發,明是假公濟私,非誤事?」懷宗奈何中計?遂叱令左右,縛允儒下獄,並切責諸大臣。周延儒又申奏道:「廷推閣臣,名若秉公,奈暗中主持,實不過一二人,此外都隨聲附和,哪敢多言招尤?即如千秋一案,早有成讞,何必復問。」懷宗乃傳令退班,即日降旨,罷謙益官,並罷廷推十一人,悉置不用。獨用韓為首輔,且召爐面諭道:「朕觀諸大臣中,多半植黨,不知憂國,卿為朕執法相繩。」叩首奏道:「人臣原不應以黨事君,人君也不可以黨疑臣,總當詳核人品,辨別賢奸,然後舉錯得當。若大廷上妄起戈矛,宮府中橫分畛域,臣恐非國家幸福呢。」名論不刊。懷宗默然不答,不以言為然,是懷宗一生致病處。即見機叩退。未幾,召見周道登,因奏對失言,又下旨放歸。

崇禎二年五月朔,欽天監預報日食,屆期失驗時刻,懷宗遂嚴責欽天監官。原來中國曆法,猶本唐堯舊制,相沿數千年,只墨守了一本舊書,不少增損。漢、唐及宋,歲時節氣,及日蝕月蝕,往往相差至數時,甚且差至一二日。中國人不求進化,於此可見一斑。至元太史郭守敬,遍參曆法,編造授時新曆,推步較精,但中間刻數,尚有舛

第九十一回　徐光啟薦用客卿　袁崇煥入援畿輔

錯，所以守敬在日，已有日月當食不食、不當食反食等事。一班吹牛拍馬的元臣，反說日月當食不食，系帝后昭德迴天，非常慶幸，日月不當食而食，說將若何？其實統是意外獻諛，不值一辯。及明祖崛興，太史劉基，上大統曆，仍然是郭守敬的成書，略言以訛沿訛，怎能無誤？可見劉基猶是凡人，並不是神仙等侶。夏官正戈豐，據實復奏，略言：「謹守成曆，咎在前人，不在職等。」倒是善於卸責。獨吏部左侍郎徐光啟，上曆法修正十事，大旨謂：「中曆未合，宜參西法」，並舉南京太僕寺少卿李之藻，及西洋人龍華民、鄧玉函，同襄曆事。懷宗立即批准，飭召李之藻及龍、鄧兩西人入京，擢光啟為禮部尚書，監督曆局。中國用外人為客卿，及採行西洋新法，便是從此起頭。大書特書。

看官！你道徐光啟如何認識西人？說來話長，待小子略略補敘。自元代統一亞洲，東西兩大洋，交通日繁，歐洲人士，具有冒險性質，往往航海東來。葡萄牙人，首先發現印度航路，從南洋麻六甲海中，附搭海船，行至中國，出沒海疆，傳教通商。嗣是愈來愈眾，至明世宗四十三年，竟在粵海沿邊的澳門地方，建築商館，創業經營，大有樂不思蜀的氣象。粵省大吏，屢與交涉，方要求租借，每年出賃金二萬兩，彼此定約。此後荷蘭國人，西班牙國人，英吉利國人，紛紛踵至，多借澳門為東道地。會義大利人瑪竇，亦航海來華，留居中國數年，竟能通中國語言文字，往來沿海各口，廣傳耶穌教

118

福音。徐光啟生長上海，與利瑪竇會晤，談論起來，不但暢陳博愛平等的教義，並且舉天文歷數，統是融會貫通。光啟很是欽佩，引與為友，往往他研究學術，通宵達旦，時人目為痴呆，光啟全然不顧，竟把西學研通大半。實是一個熱心人物，若後人盡如光啟，中國也早開化了。到了入任侍郎，邀利瑪竇入京，早思將他推薦。因利瑪竇年已垂老，不願任職，乃將他同志龍華民、鄧玉函兩人，薦修歷法。李之藻亦熱心西學，所以一併舉用。光啟且舍家宅為教堂，並請准在京師建會堂。尋又保舉西人湯若望、羅雅谷等，同入歷局，翻譯天文、算術各書，約有數種。並製造儀器六式，推測天文。一名象限懸儀，二名平面懸儀，三名象限立運儀，四名象限座正儀，五名象限大儀，六名三直遊儀，復有弩儀、弧矢儀、紀限儀諸器，統是適用要件，可法可傳。光啟又自著日躔歷指，測天約說日躔表，割圜八線表，黃道升度，黃赤道距度表，通率表等書，又譯《幾何原本》一書，至今尚流傳不絕，推為名著。利瑪竇於崇禎三年，病歿京師，賜葬阜城門外。墓前建堂兩重，堂前立晷石一方，上刻銘詞，垂為紀念。銘詞計十六字，分為四句，首二句是「美日寸影，勿爾空過，」次二句是「所見萬品，與時並流，」遺跡至今尚存。光啟卒於崇禎六年，後來清帝入關，湯若望等，尚在清廷為欽天監，這是後話不提。

第九十一回　徐光啟薦用客卿　袁崇煥入援畿輔

且說袁崇煥奉命赴遼，修城增堡，置戍屯田，規劃了一年有餘，頗有成效。只因毛文龍鎮守東江，勢大官尊，免不得跋扈難馴，不服崇煥節制。崇煥早欲除去文龍，乃以賓禮相待。文龍也不謙讓，居然分庭抗禮，與崇煥對坐談天。崇煥約略問了數語，當即謝客令歸，既而借閱兵為名，徑至東江，就雙島泊船。文龍循例迎接，崇煥恰特別謙和，留他在舟宴飲。歡語多時，方才談及軍務。崇煥擬改編營制，別設監司，文龍心中，獨以為東江一島，本是荒涼，全仗自己一人，招集逃民，經營起來，此次來了袁崇煥，無端硬來干涉，哪肯低首忍受？當即將前因後果，敘述一番，並說是島中兵民，全系恩義相聯，不便另行編制。崇煥微笑道：「我亦知貴鎮勞苦，但目今外患交迫，兵務倥傯，朝中大臣，又未必肯諒苦衷，我是奉皇上特遣，不得已來此，為貴鎮計，到不如辭職還鄉，樂得安閒數年呢。」崇煥此時，尚不欲殺文龍。文龍勃然道：「我亦久有此意，只是滿洲事情，還沒有辦了，眼前知道邊務的人，又是很少。據文龍的意思，平了滿洲，奪得朝鮮，那時功成名立，歸去未遲。」太屬狂言。說至此，竟放聲大笑起來。死在目前，還要笑甚。崇煥嘿然無語，勉勉強強的與他再飲數杯，即命左右收拾殘餚，文龍也即告辭。臨別時，崇煥與他訂約，邀閱將士較射山上，文龍自應諾去訖。次日五更，崇煥已召集將校，授他密計，趁著晨光熹微的時候，便率眾上

山，一面遣人往催文龍。文龍尚高臥未起，一聞督師催請，沒奈何起身盥洗，等吃過早點，催請的差人，已來過三五次，當下穿好衣冠，匆匆出署，帶著護兵，趨上山來。只見這位袁督帥，早已立刻待著，正欲上前參見，偏被他握住了手，笑容可掬道：「不必多禮，且同行上山罷！」文龍便隨了崇煥，拾級上升，護軍要想隨行，卻被督師手下的將弁，出來攔住，不得並進。崇煥與文龍，到了半山，突語文龍道：「我明日就要回去，今日特向貴鎮辭行。貴鎮鷹海外的重寄，殺敵平寇，全仗大力，理應受我一拜。」說著，即拜將下去，嚇得文龍答禮不迭。正是奇怪。崇煥又與他攜手同行，到了帳中，忽變色道：「謝參將何在？」參將謝尚政，應聲即出，把文龍拿下。出其不意。文龍大呼道：「我得何罪？」崇煥道：「你的罪不下十種，就是本部院奉命到此，改編營制，你便抗命不遵，背了我還是小事，你心中早無聖上，即此一端，已當斬首。」文龍此時，已似砧上肉，釜中魚，只好叩頭乞免。崇煥道：「不必說了。」便望著北闕，三跪九叩首，馳諭尚方寶劍，繳與謝尚政，令將文龍推出處斬。不一時獻首帳前，崇煥即整轡下山，面諭道：「你父違文龍部眾道：「罪止文龍一人，餘皆無罪。」又傳喚文龍子承祚至前，叛朝廷，所以把他正法，你本無罪，好好兒鎮守此處，我為公事斬了你父，我私下恰很

第九十一回　徐光啟薦用客卿　袁崇煥入援畿輔

念你父。你果勉蓋父愆，我當替你極力保舉哩。」說至此，又召過副將陳繼盛，令他輔翼承祚，鎮守東江，分編部兵為四協。並到文龍靈前，哭奠一番，然後下船回去。崇煥所為，全是做作，怎得令人敬服？一面奏報明廷，懷宗未免驚疑，轉念文龍已死，方任崇煥，只好優旨報聞。後來決殺崇煥，便是為此而起。

哪知文龍部下，有兩大義兒，一個叫做孔有德，一個叫做耿仲明，二人素受文龍恩惠，到了此時，便想為文龍報復私仇，所有「忠君愛國」四大字，盡行拋去，竟自通款滿洲，願為前驅，除這崇煥。滿洲太宗，自然准降，唯仍教他留住東江，陽順明朝，陰助滿洲，作為牽制崇煥的後盾。自己徑率大軍，用蒙古喀爾沁台吉布林噶圖（台吉系蒙古官名），作為嚮導，攻入龍井關，分兩路進兵。一軍攻洪山口，一軍攻大安口，統是馬到成功，長驅並進，浩浩蕩蕩的殺至遵化州。明廷聞警，飛檄山海關調兵入援，袁崇煥奉檄出師，遣總兵趙率教為先行，自率全軍為後應。率教倍道前進，到了遵化州東邊，地名三屯營，望見滿洲軍士，與蜂蟻相似。把三屯營困住，他卻不顧利害，復將兩翼兵圍裹攏來，單靠著一腔忠憤，殺入滿兵陣中。滿兵見有援師，讓他入陣。率教倍道前進，到了遵化州東邊，地名三屯營，望見滿洲軍士，與蜂蟻相似。把三屯營困住，他卻不顧利害，復將兩翼兵圍裹攏來，單靠著一腔忠憤，殺入滿兵陣中。滿兵見有援師，讓他入陣，復將兩翼兵圍裹攏來，把率教困在垓心，越戰越少，滿望營中出兵相應，誰知營中守將朱國彥，只怕滿兵眾，率教只領著孤軍，越戰越少，滿望營中出兵相應，誰知營中守將朱國彥，只怕滿兵

混入，竟緊閉營門，拒絕率教。率教殺到營前，已是力竭聲嘶，待至呼門不應，弄得進退無路，不禁向西遙呼道：「臣力竭了！」舉劍向頸上一橫，當即殉國，全軍盡覆。滿兵乘勝撲營，朱國彥知不可守，與妻張氏投繯自盡。等是一死，何不納趙率教？

三屯營已失，遵化當然被兵，巡撫王元雅率同保定推官李獻明，永平推官何天球，遵化知縣徐澤，及前任知縣武起潛等，憑城拒守，支撐了好幾日。爭奈滿兵勢大，援師不至，偌大一個孤城，哪裡保守得住？眼見得城池被陷，相率淪亡。明廷聞遵化失守，驚慌的了不得，吏部侍郎成基命，奏請召用故輔孫承宗，督師禦敵。懷宗深以為然，立徵承宗為兵部尚書，兼中極殿大學士，參預機務。承宗奉召入覲，具陳方略，即率二十七騎，馳入通州城，與保定巡撫解經傳，總兵楊國棟等，整繕守具，協力抵禦。是時勤王詔下，宣府、大同等處，各派兵入援，怎奈見了滿兵，都是畏縮不前，甚且半途潰散。滿洲太宗遂連破薊州、三河、順義，直薄明京，虧得總兵滿桂，由崇煥遣他入援，戰了半日，已至德勝門下營。滿桂也是一員猛將，見滿兵到來，即率五千騎卒，與滿兵交鋒起來，反被砲彈轟死數百名，不分勝負，城上守將，發砲助威，滿兵霎時馳退，滿桂手下的兵士，桂亦負傷收軍。懷宗正遣中官齎送羊酒，慰勞滿桂，令入休甕城。忽聞袁崇煥親率大軍，偕總兵

第九十一回　徐光啟薦用客卿　袁崇煥入援畿輔

祖大壽、何可綱等入衛，懷宗大喜，立刻召見平台，溫言慰勉。崇煥請入城休兵，偏不見許，再請屯兵外城，如滿桂例，亦不見答。這是何意？崇煥乃出屯沙河門外，與滿兵遙遙對壘，暗中在營外布著伏兵，防備滿兵劫營。果然滿兵乘夜襲擊，著了道兒，還虧援應有人，步步為營，才得卷甲回去。懷宗遂命崇煥統轄諸道援師，崇煥料滿兵遠來，不能久持，意欲按兵固守，養足銳氣，等到滿兵退還，方才尾擊。這是以逸待勞的上計。於是相度地勢，擇得都城東南角上，扼險為營，豎木列柵，竟與滿兵久抗起來。滿洲太宗正防這一著，忙率兵來爭，崇煥堅壁相待，任他如何鼓譟，只令將士射箭放炮，擋住滿兵，獨不許出營一步。如是相持，有好幾日，滿兵馳去，越日又來攻營，崇煥仍用這老法兒對付，那時滿兵又只得退去。懷宗竟換了一張臉色，責他擅殺毛文龍，及援兵逗留的罪狀。崇煥正欲剖辯，偏被懷宗喝住，只叱令錦衣衛縛住了他，羈禁獄中。小子有詩嘆道：

率師入衛見忠貞，固壘深溝計亦精。
誰料君心太不諒，錯疑道濟壞長城。

欲知崇煥下獄詳情，且至下回交代。

124

懷宗能用西洋人為客卿，獨不能容一袁崇煥，豈外人足恃，而內臣不足恃耶？蓋由懷宗好猜，所重視者唯將相，所歧視者亦唯將相，即位甫期年，已兩易閣臣，閣臣雖未盡勝任，然如溫體仁、周延儒輩挾私尋隙，反信而不疑，偏聽失明，已見一斑。崇煥為明季將材，誘殺毛文龍，固近專擅，然文龍亦非足恃之人，盤踞東江，虛張聲勢，安保其始終不貳乎？且滿兵西入，京畿大震，崇煥奉旨派兵，隨即親自入衛，不可謂非忠勇之臣。乃中外方倚為干城，而懷宗即拘令下獄，臨陣易將，猶且不可，況以千里勤王之良將，而驟遭械繫乎？制全遼有餘，杜眾口不足，我聞崇煥言而不禁太息矣！

第九十一回　徐光啟薦用客卿　袁崇煥入援畿輔

第九十二回 中敵計冤沉碧血 遇歲饑嘯聚綠林

卻說袁崇煥被系詔獄，實墮滿洲太宗的反間計。崇煥撫遼時，曾與滿洲往來通使，有意議和，嗣因兩造未協，和議乃破。朝中一班大臣，全然不識邊情，統說是和為大辱，有戰無和，此次滿兵到京，反誣稱崇煥召他進京，為脅和計。冤哉！枉也！懷宗漸有所聞，心中不能無疑。滿洲太宗足智多謀，偵得明廷消息，遂寫好兩封祕密書信，暗投明京德勝門外及永定門外。可巧被太監拾得，呈與懷宗。懷宗折書一閱，第一行即列著滿洲國主，遺書袁督師麾下，頓時大詫起來。及看到後文，無非是兩下和議，偏又寫得模模糊糊，隱隱約約，在可解不可解之間。若經明眼人一瞧，便已知是反間計。再三複閱，越覺動疑，意欲立召崇煥，詰問底細，無如京都危急，還想靠他保護，不得已暫時容忍。嗣有被敵擒去的楊太監，私下逃來，入謁懷宗，報稱：「督師袁崇煥，已與滿

第九十二回　中敵計冤沉碧血　遇歲饑嘯聚綠林

洲主子，潛訂和約，將為城下盟了。」懷宗沉著臉道：「可真麼？」楊太監道：「敵將高鴻中等，自行密談，由奴才竊聽得實，所以乘夜潛逃，特來奏聞。」懷宗憤憤道：「怪不得他按兵不動，停戰了好幾天。他已擅殺毛文龍，難道還要擅自議和麼？」懷宗又說了幾句壞話，惹得懷宗忍無可忍。他已擅殺毛文龍，難道還要擅自議和麼？」懷宗又說慎重，懷宗怒道：「慎重二字，就是因循的別名，有損無益。」不因循，便有益嗎？基命復叩頭道：「兵臨城下，非他時可比，乞陛下三思後行！」懷宗不待說畢，竟拂袖而起，返身入內。基命撞了一鼻子灰，只好退出。總兵祖大壽、何可綱，聞崇煥被系，恐亦坐罪，遂擁眾出走，徑向山海關外去了。

滿洲太宗計中有計，不乘勢攻打明京，反分兵遊弋固安、良鄉一帶，擄掠些子女玉帛，復回軍至蘆溝橋。明廷卻用了一個遊方僧，名叫申甫，能製造戰車，由庶吉士金聲上薦，說他善長兵事，特旨召見，擢為副總兵，令募新軍。看官！你想申甫平日，並沒有經過戰陣，無非靠了一些小聰明，造了幾輛車兒，哪裡能抵擋大敵？況要他倉猝募兵，更是為難的事情。當下開局召募，所來的多是市井遊手，或是申甫素識的僧侶，一時烏合，差不多有四五千人，竟到蘆溝橋列著車營，阻截滿軍。是謂不度德，不量力。滿洲將士，吶喊一聲，驅殺過來，申甫忙飭眾抵敵，哪知所有新兵，全然不懂打仗的格

128

式，聞著號令，嚇得心膽俱裂，就是推車的人，事前本東馳西驟，無往不宜，此刻竟麻木不仁，彷彿手足已染了瘋病，不能動彈。那滿兵似狼如虎，提起大刀闊斧，殺入車營，見車就劈，見人就殺，不到一時，已將申甫手下的新兵，掃除淨盡，連申甫也不知下落，大約已直往西方去了。白送性命。

滿兵乘勝薄永定門，懷宗惶急得很，特設文武兩經略，文經略一職，簡任尚書梁廷棟，武經略一職，就命總兵滿桂充當，分屯西直、安定二門。滿桂主張堅守，與崇煥一樣的規劃，怎奈懷宗此時，以廷臣多不足恃，仍在閹黨餘孽中，揀出曹化淳、王應朝、呂鳳翔等，作為心腹，不到兩年，就易初志，懷宗之致亡，即在於此。這班刑餘腐豎，曉得什麼策略，只望兩經略殺退敵兵，便好放下愁腸，安享富貴，因此慫恿懷宗，屢促兩經略出師。廷棟是個文職，當然由滿桂當沖，滿桂不便抗命，只得帶領總兵官孫祖壽等，出城三里，與敵交綏。自午牌起，殺到酉牌，尚是勝敗未決。滿洲太宗確是能軍，潛令部兵偽作明裝，趁著天昏地黑時，闖入明軍隊裡，攪亂一場，滿桂措手不及，竟與孫祖壽等，倉猝戰歿，同作鬼雄。

明京危急異常，偏這滿洲太宗，下令退軍，竟率令全隊，向通州而去。原來滿洲太

第九十二回　中敵計冤沉碧血　遇歲饑嘯聚綠林

宗的意見，因明京急切難下，就使奪得，也是不能長守，一旦援軍四集，反恐進退兩難，不若四處騷擾，害得他民窮財盡，方好大舉入京，占住那明室江山，嗣聞懷宗本傳宣密旨，飭備布囊八百，且令百官進馬，意欲避敵遷都，仗，轉自退去。滿兵退赴通州，方才罷議。

御史高捷、史，本是魏閹黨中的人物，不知如何漏網，仍得在職，大學士錢龍錫，平時很瞧不起這兩人，兩人懷恨在心，遂因崇煥下獄，許奏龍錫將，都由龍錫主使，當與崇煥並罪。」龍錫抗章申辯，高、史再疏力攻，那時龍錫心灰意懶，當即引疾告退。懷宗還算有恩，准他歸休，不遑加譴。尚寶卿原抱奇，又劾奏首輔韓，謂系崇煥座師，也是主和誤國，應並罷官。懷宗想去龍錫，已為群小所賣，所以劾奏韓，接踵而至。懷宗頗斥他多言，奪俸示罰。不防左庶子丁進，及工部主事李逢申，彈章又上。韓爌得引退，三疏乞歸。先後入相，老成慎重，引正人，抑邪黨，中外稱賢。懷宗命定逆案，不欲刻意苛求，以致閹黨尚存，終為所誣。懷宗也無意慰留，任他歸去。當命禮部侍郎周延儒，尚書何如寵，侍郎錢象坤，俱為禮部尚書，入閣辦事。

轉眼間已是崇禎三年，滿兵由通州東渡，克香河，陷永平，副使鄭國昌，知府張鳳

奇等,一概殉節。兵部侍郎劉之綸,約總兵馬世龍、吳自勉等,赴永平牽制滿兵,自率部眾直趨遵化,屯娘娘廟山。世龍等違約不赴,滿兵竟趨擊之綸,似牆並至。之綸帶有木炮,出自手製,初發時,擊傷滿兵數十名,再發出去,那彈子不向前行,反向後擊,自己打倒自己,頓時嘩亂起來。天意耶?人事耶?滿兵乘隙進攻,之綸拚死再戰,足足的鬥了一日,矢盡力窮,之綸知不可為,大呼道:「死,死!負天子恩!」遂解佩印付與家人,令他走報朝廷。家人才走數步,之綸已身中兩矢,倒斃地上,所剩殘兵,被滿兵一掃而空。滿洲太宗復進拔遷安、灤州,直至昌黎,卻由守令左應選,誓死守城,屢攻不下。有此邑令,不愧應選二字。這時候的孫承宗,已早由通州奉旨,調守山海關,繼崇煥後任。此筆補敘,甚是要緊,不然,滿洲太宗至通州時,承宗豈竟作壁上觀耶?滿洲太宗夙聞承宗重名,恐他截斷後路,當即匆匆收兵,回國去了。承宗正諭祖大壽、何可綱,令他斂兵待命,大壽亦上章自請,願立功贖督師罪,明廷傳旨宣慰,才免瓦解。嗣聞滿兵退歸,承宗乃派兵西出,收復灤州、遷安、永平、遵化四城,這也不在話下。

且說周延儒既夤緣入閣,遂替溫體仁幫忙,竭力說項,大學士李標見周、溫毗連,不願與伍,索性見機致仕。成基命也辭職歸里,體仁遂得奉旨入閣,居然為大學士了。

第九十二回　中敵計冤沉碧血　遇歲饑嘯聚綠林

應該冷落。先是崔、魏擅權，體仁嘗與相往來，杭州建魏閹生祠，他曾作詩數首，頌揚魏閹功德。又嘗私賂崔呈秀，求為援引。言官交章訐發，懷宗還道他無黨，攻訐愈眾，信任愈專。真是南轅北轍。閹黨高捷、史，遂仗體仁為護符，大出風頭，他已彈去錢龍錫，意尚未足，復由史上疏言：「龍錫主使崇煥，賣國欺君，罪浮秦檜。」懷宗覽疏動怒，立敕刑官定讞，且逮龍錫下獄，命群臣限期五日。刑部力為持平，呈上讞案謂：「斬將是崇煥擅殺，議和聞龍錫未許，罪坐崇煥，與龍錫無涉。」懷宗尚不肯信，召諭廷臣，飭置崇煥極刑。可憐這功多罪少的袁督師，竟磔死市曹，平白無辜的錢故輔，更立一逆案，網盡群賢，商諸兵部尚書梁廷棟。廷棟不敢贊成，且欲力翻逆案，把逆字的惡名，移加袁、錢兩人身上，以袁為逆首，錢為次逆，還有一班持正不阿的大臣，均依次附名。乃議龍錫大辟，立即取決。中允黃道周，上書為龍錫訟冤，懷宗把他貶秩外調，但心下頗也感動，只命將龍錫長系，既而減等論罪，遣戍定海衛，但已是冤屈得很了。論斷平允。

且說明朝賦稅，頗折衷古制，不尚煩苛，自神宗創行礦稅，中官四出，任意誅求，海內為之漸困。至遼東事起，歲需邊餉，又不得不盡情羅掘，加派民間，百姓益困苦得

很。明廷又裁節內地兵餉數十萬，減省各處驛站又數十萬，兵不得飽，驛無遺糧，那時逃兵戍卒，往往亡命山谷，嘯聚為盜，且乘時脅迫良民，同入盜藪，百姓既無恆產，哪有恆心？樂得投奔綠林，還好劫奪為生。自古禍亂，多原於此。天意也是奇怪，又迭降災祲，只恐百姓未肯為亂，偏令他今歲水荒，明歲旱荒，弄得他寸草無生，只得相偕從盜，於是極大的亂端，就從崇禎改元以後，發生出來。

先是雲南、貴州等處，蠻眾作亂，首領奢崇明與安邦彥，統同一氣，負嵎自固，總督閔夢得，敷衍了兩三年，未曾奏效（應八十五回）。懷宗即位，奢、安兩酋，越發鴟張，崇明自號大梁王，邦彥稱四裔大長老，出巢四擾，到處擄掠。懷宗復起用朱燮元為總督，調集雲南、四川、貴州三路大兵，直搗賊巢，梟崇明，斬邦彥。安位窮蹙乞降，由燮元分設土司，籌墾荒田，築堡置戍，立驛通道，盧井畢備，苗漢相安，西南一帶，才得無事（承前啟後，是最好銷納法）。唯西北又復遭劫，連年饑荒，陝西巡撫喬應甲，延綏巡撫朱童蒙，又統是魏閹餘黨，專務虐民，不加體恤，遂釀成一班流賊，四出為殃，把大明一座完好江山，擾得東殘西缺，地坼天崩。應首迴流賊橫行。第一個作亂的盜魁，就是府谷民王嘉胤。嘉胤部下又有兩大劇賊，一個就是李自成，一個就是張獻忠。提出李、張，獨握綱領。獻忠延安人，陰賊多智，嘗與嘉胤往來。嘉胤劫富家

第九十二回　中敵計冤沉碧血　遇歲饑嘯聚綠林

粟,被有司懸賞緝捕,遂揭竿為盜,獻忠糾眾往從,尤稱驍桀,賊中號為八大王。自成米脂人,狡黠善走,並能騎射,因家貧投為驛卒,驛站裁併,自成無所得食,亦奔投嘉胤。嘉胤擁眾五六千人,聚居延慶府中的黃龍山,又有白水賊王二,宜川賊王左掛,安塞馬賊高迎祥,饑民王大梁,逃兵周大旺等,率眾響應,三邊饑軍,亦群起為盜,剽掠四方。陝西巡撫,已改任劉廷宴,衰邁無能,諱言盜賊,至州縣相繼告警,尚叱退來使道:「這是地方饑民,有何大志?略緩數日,自然解散了。」請你等著。嗣是賊氛愈熾,所在遭殃,劉廷宴無可如何,只好據實奏聞。懷宗授左副都御史楊鶴,為兵部尚書,出督三邊軍務,剿捕流賊。楊鶴抵任,商洛道劉應遇,已擊斃王二;督糧道洪承疇,亦擊破王左掛,捕斬周大旺,賊渠半就誅滅。偏楊鶴主張從撫,檄令各軍不得妄殺,遂至餘灰復燃,轉衰為盛。會滿軍入犯京畿,詔令各省派兵入衛,陝甘兵奉調東下,中途逃散,山西兵嘩潰良鄉,巡撫耿如杞逮獄論死,一班竄走的潰兵,就是向西,結果是挺身走險,同為匪類。遊兵不戢,必為國殃。

明廷復起前總兵杜文煥,督延綏、固原各兵,便宜討賊。文煥檄諭王嘉胤、王左掛二寇,令他投誠,左掛時方窮蹙,與黨羽王子順、苗美等請降,獨嘉胤不肯受撫,竟陷入府谷,據城抗命。總督楊鶴,反匿不上聞,只遣官四出招賊,點盜王虎、小紅狼、一

134

丈青、掠地虎、混江龍等，託詞求撫，俱授給免死牌，安插延綏、河曲間。其實盜性未改，淫掠如故，不過形式上面，算是不放火，不殺人，就自稱為安分的良民。百姓忍氣吞聲，無從控訴，孤男弱女，束手待斃，有一半刁狡強悍的，都隨賊而去。朝旨復擢洪承疇為延綏巡撫，與副總兵曹文詔，協力搜剿。文詔忠勇過人，仗著一桿蛇矛，東西馳擊，賊眾似羊遇虎，多半被誅。王嘉胤不自量力，竟率眾與他對壘，一場鏖戰，殺得嘉胤大敗而逃。文詔追至陽城，再與嘉胤接仗，嘉胤招抵不上，遂被文詔刺死。八大王張獻忠，率屬二千人，奔降洪承疇，李自成依高迎祥，迎祥為自成母舅，當然收留。還有嘉胤餘黨，另推李自用為首，綽號紫金梁，仍是誓不畏死，出沒西陲，並且糾合群賊，多至三十六營。這三十六營的賊目，真姓名多不可考，只有綽號相傳，彷彿與梁山泊群盜一般。小子試錄述如下：

神一元　不沾泥　紅軍友　老回回

八金剛　掃地王　闖塌天　破甲錐

邢紅狼　亂世王　混天王　顯道人

鄉里人　活地草　革里狼　左金王

第九十二回　中敵計冤沉碧血　遇歲饑嘯聚綠林

曹　操　關　索　混天星　過天星
獨行狼　蠍子塊　一字王　射塌天
混十萬　可天飛　混天飛　點燈子
王老虎　金翅鵬　一條龍　滿天星
上天猴　黑煞神　馬老虎　獨頭虎
撞天王　翻山鷂　飛山虎　一隻虎
託天王　十反王　小秦王　混世王
上天王　一連鶯　一盞燈　鑽天哨
開山斧　一座城　通天柱　爬天王
抓地虎　滾地龍　滾地狼

以上諸賊，或一人為一營，或二三四五人，合為一營，分作三十六營。李、獻兩賊，不在其內，外此么麼小丑，尚不勝數。小子有詩嘆道：

區區三戶足亡秦，況值關中盡亂民。

大好江山同瓦裂，半由天意半由人。

畢竟群盜能否撲滅，且至下回續詳。

戮逆閹，定逆案，是懷宗第一英斷，後人之推重懷宗，就在此著。乃曾幾何時，而復用閹人，貽誤國事，何始明而繼又暗耶？楊太監既遭敵擄，安能驟然脫逃，況拘繫敵營，寧肯以祕密軍機，被其竊聽？此在中智之主，當已可知為敵人狡計，陳平之間項羽，周瑜之間曹阿瞞，流傳史冊，懷宗寧獨未聞？乃誤信閹言，自壞長城若此。崇煥死而全遼危，謂非懷宗之自誤，其可得乎？至寵任曹化淳、王應朝、呂鳳翔等，尤屬昏謬，閹黨得志，善類復空，不特名將滿桂，致陷沙場已也。厥後天怒人怨，相逼而來，陝西鬧荒，嘉胤發難，星星之火，竟致燎原，天其既厭明德矣，彼偏聽好猜之懷宗，尚能撥亂反正乎？論者謂明之亡，咎在熹宗不在懷宗，吾未敢信！

第九十二回　中敵計冤沉碧血　遇歲饑嘯聚綠林

第九十三回
戰秦晉曹文詔揚威　鬧登萊孔有德亡命

卻說三邊總督楊鶴，專事招撫，如王左掛等一班盜目，概令免死。左掛復叛，後乃伏誅。鶴復招降神一元弟神一魁。一元陷保全，為副總兵張應昌擊敗，受傷身死。一魁以弟承兄，代領賊眾，尋為總兵賀虎臣、杜文煥所圍，棄城南走，轉攻慶陽，陷合水。楊鶴遣使招降，一魁果至，伏地謝罪。別賊金翅鵬、過天星、獨頭虎、上天龍等，亦先後求撫，均至固原謁見。鶴命在城樓上虛設御座，遍豎旌旄，賊皆羅拜城下，齊呼萬歲。當下傳宣詔諭，令設誓解散，或歸伍，或歸農，賊眾勉強應命，那心目中恰藐視楊鶴，見他軍容未整，只仗著一個虛名皇帝，空作威福，有什麼可怕呢？撫難於剿，全恃威德服人，否則無不釀禍？隨即起身同行，仍去做那盜賊生涯。就是一魁住城數日，因楊鶴誘誅同黨劉金，也即叛去。御史謝三賓，及巡按御史吳甡，交劾楊

第九十三回　戰秦晉曹文詔揚威　鬧登萊孔有德亡命

鶴縱盜殃民，乃將楊鶴逮問，坐罪謫戍，特調延綏巡撫洪承疇，總督三邊。承疇方收降張獻忠，編為部曲，獻忠奉命維謹，還道他真心誠意，不妨援例主撫，也是隨剿隨撫。恩過於威。會高迎祥、李自成等，收集山西潰卒，有眾萬人，推迎祥為闖王，自成為闖將，橫行山西，轉寇山西、河南。且潛遣人勾結獻忠，獻忠遂叛了承疇，與高迎祥聯合，秦賊為一路，晉賊為一路，秦、晉世為婚姻，誰知變成盜藪？所過淫戮，慘不忍聞。或淫人妻女，令婦與夫面縛相觀，稍一違忤，即被殺死。或令父淫女，或迫子淫母，待他淫畢，一概斬首。或擄住孕婦，剝去衣服，共猜腹中胎產，是男是女，剖腹相驗，偶得猜中，大家賀飲，否則罰酒。又用小耳朵煮人油，擲入小孩，看他跳躍啼號，作為樂事，否則用矛刺入兒股，高舉空中，令他盤旋矛上，叫號而死。或列木為台，令男婦共登台上，四面縱火焚燒，慘聲震地，賊反拍手稱快，狂笑不已。又或殺人剖腹，挖去臟腑，納入人血米豆，用以餵馬，使馬肥壯，足以衝敵。最可恨的，是攻城不下，必使所掠婦女，裸體辱罵，稍一愧阻，亂刀交下，砍為肉泥。見有姿色的婦女，彼此輪姦，至奄奄就斃，即割去首級，把屍首倒埋土中，令下體向上，謂可壓制炮火。唯一入人家，婦女欣然從淫，或還可以免死，因此賊兵過境，婦女不得不首先出迎，甚至自褫衣裳，供他侮弄，淫聲穢語，遍達里閭，賊兵方才心歡，揚長而去。這真

是古今罕有的奇劫,不知這明明在上的老天,何苦令若輩小民,遭此慘毒呢?我亦云然,大約天閽已閉,不見不聞。

且說總督洪承疇,與總兵曹文詔,先擬剿除秦賊,次及晉賊,文詔轉戰而前,連敗綏德、宜君、清澗、米脂諸賊,擒斬了點燈子,殺死了掃地王,再從鄜州間道,繞出慶陽,與甘肅總兵楊嘉謨、副將王性善合軍,掩擊紅軍友、李都司、杜三、楊老柴等,大戰西濠。賊三戰三北,杜三、楊老柴就擒,紅軍友、李都司脫走,轉陷華亭,攻莊浪。文詔與嘉謨,從後追及,縱反間計,給令賊黨攻殺紅軍友,復乘勢擊敗賊眾,賊眾奔據唐毛山。游擊曹變蛟,系文詔從子,鼓勇先登,把賊眾捕斬殆盡,唯李都司得脫,邀集可天飛、獨行狼,及他盜郝臨菴、劉道江等,圍攻合水。文詔又星夜往援,將至城下,賊兵遍野而來,不到數合,紛紛退走。文詔麾眾直進,已抵南原,忽聞胡哨四起,賊兵遍野而來,將文詔四面圍住。城上守兵,互相驚告道:「曹將軍陷沒賊中了,奈何奈何?」言未已,但見文詔挺著長矛,左馳右突,匹馬盤旋,萬眾披靡。極寫文詔。守兵暗暗喝采,也被他振起精神,鼓譟殺出,夾擊賊兵,殺得屍橫遍野,血流成渠。李都司等且戰且走,到了銅川橋,十停中少去七八停,方抱頭竄去。文詔乃收兵回城,翌日黎明,復與寧夏總兵賀虎臣,固原總兵楊麒,會師追賊,馳至甘泉縣的虎兒

第九十三回　戰秦晉曹文詔揚威　鬧登萊孔有德亡命

凹，賊眾方才造飯，不期官軍到來，驚得魂飛天外，大眾棄了甲仗，拚命飛逃。可巧總督洪承疇，帶著銳卒，整隊前來。原來承疇一軍，與文詔分道揚鑣，轉戰至平涼，途中適遇可天飛，便迎頭痛擊，可天飛正在逃命，怎禁得這支生力軍，略略一戰，當即斃命。李都司見不是路，慌忙下馬乞降，獨郝臨庵、獨行狼等，落荒竄去，遁匿耀州錐子山，由文詔率軍進攻，圍堵山麓，賊眾槁餓垂斃，自相殘殺。獨行狼、郝臨庵等，為眾所戕，函首出降。適承疇督軍繼至，令賊眾解甲繳械，把大小頭目四百人，正罪伏法，餘均遣散。是時神一魁叛據寧塞，為同黨黃友才殺斃，友才又為副總兵張應昌擊死，混世狼占據襄樂，亦被守備馬科擊敗，授首部兵。關中巨寇，多半就誅，巡撫范復粹，上書奏報，極言文詔為第一首功，應該優敘。巡按御史吳甡，亦推獎備至，獨洪承疇奏中，絕不提及。已蓄異志，無怪後來甘為貳臣。復粹再疏申請，兵部仍將他抑置，不得敘功，唯飭令赴剿晉賊。

闖王高迎祥及李自成、張獻忠等，方分頭四出，連陷大寧、隰州、澤州、壽陽諸州縣，還有綽號紫金梁的李自用，綽號曹操的羅汝才，並邢紅狼、上天龍各賊，騷擾太原、汾州等處。宣大總督張宗衡，出堵平陽，巡撫許鼎臣，出堵汾州，分地設汛，防賊闌入。已而參將李卑、賀人龍、艾萬年，率關中兵援晉，鼎臣檄令自衛，宗衡恨他專

142

擅，獨驅使還陝。群盜如毛，尚不協力堵御，何能底定？三將無所適從，坐看賊眾鴟張，橫行無忌。老回回、過天星、混世王等，皆乘隙竄入，大肆劫掠，虧得曹文詔渡河而東，越霍州，抵汾河，與賊眾相值，屢戰屢勝。賊眾逃至盂縣，又被文詔擊敗，轉走壽陽，正與許鼎臣麾下張宰，兜頭撞著。張宰系鼎臣謀士，所率從騎，也只有一二千人，他不過在途巡哨，並未嘗有意堵賊，賊反被他嚇退，隨處亂竄。混世王縱馬飛奔，冤冤相湊，碰了對頭，被他一矛刺來，由胸貫背，好像一個穿心國內的人物，立刻墜馬身死。來將非別，就是總兵官曹文詔。另換一種筆墨，益令文詔生色。文詔既刺死混世王，又奮力馳擊，把壽陽、澤州的賊眾，盡行逐去。紫金梁、老回回、過天星各賊，見了文詔大旗，便即飛遁。連高迎祥及李、獻兩盜，亦立腳不住，一古腦兒流入河北，有幾股潛逾西山，大掠順德、真定間，擾及畿南，為大名兵備副使盧象升、幾股從摩天嶺西下，直抵武安，副將左良玉率河南兵，馳往攔截，為賊所誘，陷入伏中，所有六七千兵士，死亡殆盡。良玉退走，賊氛大熾，河北懷慶、彰德、衛輝三府，所屬州縣，焚掠一空，潞王常淓，系穆宗孫，父名翊鏐，曾就封衛輝，常淓襲封，聞流賊逼境，飛章告急，有詔遣總兵倪寵、王樸，率京營兵六千往援，並命內閹楊進朝、盧九德監軍，復用太監干預戎政，煞是可嘆。一面促曹文詔移師會剿。

第九十三回　戰秦晉曹文詔揚威　鬧登萊孔有德亡命

文詔奉命，自山西趨河北，到了懷慶，那賊首滾地龍，正在姦淫擄掠，非常高興，猛聞文詔到來，不及遁走，卻硬著頭皮，上前抵敵，怎禁得曹軍一股銳氣，大刀闊斧，殺將過來，一時遮攔不及，好好一個頭顱，被他砍去。滾地龍應改名滾頭龍。餘賊四散，由文詔追至濟源，老回回望塵遠遁。嗣與李卑、艾萬年、湯九州、鄧玘、及左良玉諸將，迭破高迎祥、李自成、張獻忠、羅汝才諸賊，方擬圈地兜剿，殺他片甲不留，哪知巡按御史劉令譽，挾著夙嫌，竟劾文詔恃勝心驕，致掛部議，調回大同。李廣數奇，千古同慨。高迎祥等聞文詔調還，去了一個勁敵，心寬了一大半。但前面有河南兵，後面有京營兵，戈鋌蔽空，無從飛越，他又想出假降的計策，把沿途所奪金帛，密賂各處帶兵官，偽詞乞降。各將不敢作主，獨太監楊進朝，伸手要錢，代為入奏，且檄各將停戰。總是若輩壞事。會值天寒冰合，高迎祥等潛從毛家寨渡河，狡脫而去。河南兵寂處寨中，無一出阻，等到澠池、伊陽、盧氏三縣，相繼告警，巡撫元默，始督軍會剿，賊眾竟竄入盧氏山中，從間道入內鄉，大掠南陽、汝寧，竄入湖、廣去了。

小子敘了西邊，又不能不夾敘東邊。當西寇緊急的時候，登州游擊孔有德、耿仲明等，竟糾眾作亂。孔有德與耿仲明，同為毛文龍義子，文龍被殺，他曾通款滿洲，逗留東江。（見九十一回）。東江參將劉興治，戕害副將陳繼盛，擁眾叛去。有德與他異志，

逃入登州。登、萊巡撫孫元化，嘗居官遼東，素言遼東人可用，遂授有德、仲明為游擊。還有孔耿同黨李九成，亦得為偏裨。會滿洲兵復寇遼東，圍大凌城，元化遣有德赴援，有德佯為出師，至吳橋，天大雨雪，眾不得食，頓時大嘩。李九成與子應元，誘眾為亂，入劫有德。有德本蓄異圖，自然順水推舟，拱手聽命。李九成之主使，恐亦由有德主使。當下還兵大掠，陷陵縣、臨邑、商河、殘齊東，圍德平，轉破新城、青城。山東巡撫餘大成，遣兵往御，均為所敗，正要親自出師，忽來了登、萊巡撫孫元化，兩下晤談，元化尚力主撫議，前既誤用，還要主撫，真是笨伯。大成也樂得少安。至元化歸署，飛飭所屬郡縣，不必邀擊，另派人馳諭有德，速即歸誠。有德佯允來使，即與李九成直抵登州，總兵官張可大，以有德狡詐宜防，不待元化命令，竟去截擊有德，有德倒也一驚，兩下交鋒，鬥了多時，眼看有德的軍馬，將要敗陣下去，偏元化遣將張燾，諭令停戰，可大軍心一亂，反被有德殺了一陣。可大氣憤憤的回入城中，有德尚在城外，見天色已暮，略略休息。宵夜畢後，忽見城內火光四起，料有內應，忙率眾薄城。可巧東門大開，門首迎接的，卻有三人，為首的就是同黨耿仲明，餘二人乃是都司毛承祿、陳有時。有德大喜，進了城門，忙奔撫署，一入署中，見元化正圖自盡，也要自盡麼？當即阻住，且云：「蒙大帥恩，絕不加害！」元化默然。此外同城各官，

第九十三回　戰秦晉曹文詔揚威　鬧登萊孔有德亡命

均被九成等拘住，唯總兵張可大，已將妾陳氏殺死，懸梁殉節了。不可有二，不能無一。有德推九成為主，自居次位，又次為仲明，又次為承祿、有時，即用巡撫的關防，檄徵州縣兵餉。且令元化移書大成，再行求撫。大成據事上聞，懷宗命將大成、元化一併褫職候勘，另簡徐從治為山東巡撫，謝璉為登、萊巡撫，並駐萊州，協力討賊。

有德等已破黃縣，陷平度，集兵攻萊，四面圍住。從治屢出兵掩擊，頗有斬獲，只有德等終不肯退。相持數月，忽聞明廷特簡侍郎孫元烈，總督山東，統馬步兵二萬五千，浩蕩東來。徐從治、謝璉等，總道是大軍來援，可以即日解圍，哪知這孫元烈逗留中道，只管遣使議撫。有德等只把議撫條款，與他敷衍，且縱故撫元化，及所拘官吏，表明就撫的意思，一面暗運西洋大砲，猛轟萊城。徐從治方登陴督守，不料砲彈無情，擊中要害，立時殞命。萊城益危，又固守了月餘，宇烈不至，城中已力竭難支。有德偵知消息，因遣人偽約降期，請文武官出城守撫。謝璉也料他有詐，見了謝璉，下馬跪拜，佯作叩首涕泣狀。謝璉、朱萬年，出城招諭。未及數語，有德等陡然起身，指麾左右，把兩人擁而去。楊御蕃見兩人中計，忙緊閉城門，登陴守禦，果然叛軍大至，猛力撲城，城上矢石交下，才得擊卻。俄由叛軍擁著萬年，推至城下，脅令呼降。萬年厲聲

146

道：「我死了！汝等宜固守！」我聞其言，如見其人。御蕃俯視萬年，不禁垂淚。萬年又道：「我墮賊計，死不瞑目。楊總兵！你快發大砲，轟死幾個叛賊，也好替我復仇。」說到「仇」字，首已落地。一死成名，死也值得。御蕃大憤，即令軍士開砲，撲通撲通的放了數聲，擊死叛軍多人，有德乃收兵暫退。謝璉竟絕粒自盡。懷宗聞這警耗，大加痛憤，遂逮宇烈下獄，誅元化，戌大成，命參政朱大典為僉都御史，巡撫山東，一意主剿。飭中官高起潛監護軍餉，兼程而進。又是一個監軍的太監。

大典令副將靳國臣、參將祖寬為前鋒，直至沙河，孔有德督軍迎戰。祖寬躍馬突出，挺槍死鬥，勇不可當。國臣驅軍大進，一當十、十當百，饒你孔有德如何梟桀，也被殺得大敗虧輸，撥馬奔走。祖寬等追至城下，有德等料不可敵，夜半東遁。萊州被圍七閱月，至是始解，闔城相慶。越日，總兵金國奇等，進復黃縣，斬首萬三千級，活擒了八百多名。別將牟文綬馳救平度，陣斬賊魁陳有時。

大典會集全師，進薄登州城下，親自督攻。登州城三面倚山，一面距海，北有水城，與大城相接。水城有門，可通海舶，叛軍恃此通道，所以屢攻不下。及被圍日久，李九成出城搏戰，中矢斃命。祖寬等乘勝驅殺，攻破水門外面的護牆，於是城中洶洶，孔有德忙收拾財帛，攜挈子女，航海遁去。耿仲明、毛承祿，及九成子應元等，相繼出

第九十三回　戰秦晉曹文詔揚威　鬧登萊孔有德亡命

走,登州遂下。有德等奔至旅順,忽由島中駛出戰艦數十艘,最先一艦,立著一位鐵甲銀盔的大將,持槊高叫道:「叛賊休走!」

正是:

瀕海圍城方幸脫,冤家狹路又相逢。

畢竟來將為誰?請看下回表明。

流賊不可撫,叛軍愈不可撫。庸帥之所以縱寇,明廷之所以覆國,皆撫之一字誤之也。觀曹文詔之勇敢無前,所向有功,其得力全在一戰字。朱大典一意進兵,不數月間,即蕩平登、萊,其得力全在一攻字。可知流賊揭竿,叛軍據險,並非不易剪除,其所以蔓延日甚,糜潰日深者,俱由於將不得人,志在苟安故也。是回敘剿流寇,而注意唯一曹文詔,敘討叛軍,而結局在一朱大典,此外不過就事論事,作為襯筆而已。藉非然者,滿盤散沙,成何片段耶?

148

第九十四回　陳奇瑜得賄縱寇　秦良玉奉詔勤王

卻說孔有德等北走旅順，偏被一艦隊截住，當先一員大將，乃是島帥黃龍。有德令毛承祿、李應元等，上前迎敵，自與耿仲明東走，投降滿洲。毛承祿等敵不過黃龍，均被擊倒。應元已死，承祿尚未畢命，當被黃龍生生擒住，押獻京師。大逆不道的罪狀，還有何幸？無非是問成極刑，磔死市曹。登、萊一帶，總算平定了。

小子前回曾敘入滿兵攻大凌城，未曾交代明白，不得不補敘清楚。自孫承宗督師關上，收復灤州、遷安、永平、遵化四城，復整繕關外舊堡，軍聲大振，偏來了遼東巡撫邱禾嘉，與承宗常要齟齬。承宗擬先築大凌城，禾嘉恰要同時築右屯城。禾嘉率總兵吳襄、宋偉，往援大凌，連戰皆敗，逃回錦城均未完工，滿兵已進薄城下。大凌城守將，便是祖大壽、何可綱兩人，堅守了兩三月，糧盡援絕，滿洲招降書，

第九十四回　陳奇瑜得賄縱寇　秦良玉奉詔勤王

屢射入城，大壽欲降，可綱不從，大壽竟壞了良心，把可綱殺死，開城出降。滿洲太宗即班師回國。邱禾嘉被劾罷去，孫承宗亦致遭廷議，乞休回籍（敘此一段，注意在孫承宗免歸，承宗去後，守遼自此無人）。

那孔有德、耿仲明兩人，奔降滿洲，即慫恿滿洲太宗，襲取旅順。他的本意，無非恨著島帥黃龍，想借了滿洲兵力，滅龍復仇。虎倀可恨。滿洲太宗樂得應允，先出兵鴨綠江，作為疑兵，然後令孔、耿兩人，導引滿兵，潛襲旅順。黃龍果然中計，遣水師阻截鴨綠江，島中僅存千餘人，至滿兵到來，倉猝堵禦，已是寡不敵眾。兼之軍械軍儲，諸多單薄，孤守數日，竟至不支，龍自刎死，部將李唯鸞、項祚臨、樊化龍等均戰歿，文龍舊部，由孔有德貽書相招，也率眾出降滿洲。當由滿洲太宗，留可喜仍守二島，令滿洲總兵官，後來可喜亦得封滿洲總兵，孔得封滿洲都元帥，耿得封滿洲總兵官，孔、耿率兵歸去。孔、耿以兩島為贄見儀，當然敘功給賞，孔得封滿洲都元帥，耿得封滿洲總兵，事且慢表。

且說洪承疇調督三邊，延綏巡撫一缺，用了一個陳奇瑜，分遣諸將，擒斬賊目金翅鵬、一條龍等，又進攻延水關。關前阻大山，下臨黃河，勢甚險固。賊首鑽天哨、開山

斧等，據關負嵎，屢卻官軍。奇瑜佯遣兵他攻，自率精騎啣枚疾走，夜入山寨。鑽天哨、開山斧兩人，正擁著婦女，大被長眠，驚聞寨外喊殺連天，揭帳一瞧，但見紅光四繞，火星迸射，急得呼叫不及，都赤條條的躍出床外，百忙中覓得短刀，出來迎敵。那官軍已如潮湧入，長槍巨槊，攢刺過去，兩賊統是赤膊身體，禁得住幾多創痛，不到片刻，兩賊中死了一雙。賊眾走投無路，不是被火燒死，就是被官兵殺死。逆巢已破，大關隨下，偏冒冒失失的來了賊黨一座城，帶著悍徒千人，居然想搶還大關。奇瑜麾軍出擊，不到一兩個時辰，已把賊徒掃盡，一座城也馳入鬼門關去了。鬼門關中形勢，比延水關何如？延水盜平，奇瑜威名大振。會值闖王高迎祥等，竄入湖、廣，大掠襄陽、鄖陽諸境，老回回、過天星等，又自鄖陽入四川，徑陷夔州。明廷遂擢奇瑜兵部侍郎，總督河南、山、陝、川、湖五省軍務。又以大名道員盧象升知兵，調撫鄖陽，奇瑜乃馳至均州，分檄陝西巡撫練國事，河南巡撫元默，湖廣巡撫唐暉，及鄖陽巡撫盧象升，四面蹙擊，大小數十戰，擒住賊渠十餘人，斬首至萬餘級。夔州賊馳還鄖陽，來援楚賊，又被盧象升擊敗。賊眾狂奔亂竄，或入河南，或趨浙、川，或走商雒，張獻忠亦向商雒遁去，只高迎祥、李自成等，奔入漢中的車廂峽。峽在萬山中間，有進路，無出路，裡面山嶺複雜，綿延數十里不斷，闖王闖將，誤入此處，已陷絕地；賊眾並無糧餉，單靠著

第九十四回　陳奇瑜得賄縱寇　秦良玉奉詔勤王

四處劫掠，隨奪隨食，此時竄入山中，滿山統是荊棘，何從得糧？這天空中又接連霪雨，淋漓了三四十日，弓脫膠，箭離幹，馬乏芻，弄得智盡力窮，無法可施，要想越出原路，那峽口外統是官軍，槍戟層層，炮石累累，就是插翅也難飛去。高迎祥惶急萬狀，束手待斃，還是李自成集黨商議，得了顧君恩詭計，蒐集重寶，出賂奇瑜左右。浼令轉達降意。奇瑜見賊眾被困，漸有驕色，便命他面縛出降。自成竟自縛雙手，大膽出來，叩首奇瑜馬前，哀乞免死。何不一刀兩段？奇瑜趾高氣揚，率爾輕許，且命所過州縣，給發餱糧。高迎祥、李自成等，悉數遣歸原籍。每賊百名，用一安撫官押送，離開大軍，差不多有數十里，給發共得三萬六千餘人，均叩謝而去。賊眾出峽已盡，自成突起，刺殺安撫官，餘賊也一同下手，把所有安撫官五十多人，盡行殺斃，飽掠而西，一擁入秦中去了。

給事中顧國寶，御史傅永淳，交章劾奇瑜受賄縱賊，有旨逮問，戍邊了事，別飭洪承疇代任。承疇不過一尋常將材，既要總督三邊，又要兼轄五省，憑他如何竭力，也顧不得許多。並且山、陝、河南一帶，不是水荒，便是旱荒，遍地哀鴻，嗷嗷中澤，懷宗雖下詔發倉，再三籌賑，怎奈區區粟帛，救不活幾千百萬饑民。還有黑心中使，奉旨經理，一半兒施賑，一半兒中飽。不誅群閹，能無亡國。俗語說得好：「餓殺不如為盜」。

一班饑民，統成千成萬的去跟流賊。至闖王闖將，還走陝西，亡命無賴，隨路收集，多至二十餘萬，蹂躪鞏昌、平涼、臨洮、鳳翔諸府，慘無天日。承疇檄山西、河南、四川、湖廣各路兵馬，分道入陝。迎祥、自成，復東走河南。副將左良玉，方扼守新安、澠池，裹甲自保，任賊逸出。靈寶、氾水、滎陽諸處，又聚賊蹤。承疇以秦中少靖，擬親出潼關，督軍討賊。群賊聞得此信，遂大會滎陽，共計得十三家七十二營，列述如下：

高迎祥　李自成　張獻忠　老回回

曹操　革里眼左金王　改世王　射塌天　橫天王　混十萬　過天星　九條龍

順天王

這十三家七十二營，都是著名賊目，當下會集一處，議敵官軍，彼此談論紛紛，許久未決。李自成悍然進言道：「匹夫尚思自奮，況眾至一二十萬，豈有半途自廢的道理？官兵雖多，未必個個可用，為今日計，我輩宜各定所向，分認地點，與官兵決一雌雄，勝負得失，聽諸天數，有什麼顧慮哩！」自成此言，恰是一個亂世豪雄，但何不申明紀律，收拾人心，所謂知其一不知其二，終弄到沒有結局。大眾見他意氣自豪，都不

第九十四回　陳奇瑜得賄縱寇　秦良玉奉詔勤王

禁磨拳擦掌道：「闖將此言，很是有理，我等就這麼辦罷。」遂議定革里眼、左金王、抵擋川、湖兵，橫天王、混十萬抵擋陝西兵，過天星扼住河上，抵擋河南兵，迎祥、自成及獻忠，出略東方，老回回、九條龍，往來策應，還恐陝兵勢銳，更令射塌天、改世王，幫助橫天王、混十萬兩人。所破城邑，子女玉帛，照股均分，總算公道。大家允議。迎祥、自成、獻忠三人，率眾東出，領兵三千名，陷霍州，入潁州，徑趨鳳陽，留守朱國相，偕指揮袁瑞徵、呂承蔭等，為賊所乘。國相自刎身亡，餘皆戰歿。賊遂焚皇陵，樓殿為燼，燔松三十萬株，殺守陵太監六十餘人，縱高牆罪宗百餘人，囚知府顏容暄，由迎祥、自成、獻忠三人，高坐堂上，張樂鼓吹，把容暄活活杖死。又殺推官萬文英等數十人，毀公私邸舍二萬二千六百餘間，光燭百里。獻忠掠得皇陵小閹，頗善鼓吹，自成向他索請，獻忠不與。自成遂怒，竟偕迎祥走還，西趨歸德。獻忠獨東陷廬江、巢縣、無為、潛山、及太湖、宿松諸城邑，每陷一城，掠得婦女，必由獻忠先擇，揀取絕色數人，無論晝夜，輪流伴寢。上半身令之豔妝，下半身褫去褻衣，令之裸體。或著五色背心一件，無橫陳，任情汙辱。寵愛數日，即將她們洗剝乾淨，殺死蒸食。至若掠得嬰兒，亦視作羔兒豚兒一般，炮燔烹炙，用以佐酒。賊中殘忍，無過獻忠。獻忠東掠數月，巡按鳳陽御

史吳振纓方將皇陵被禍,具奏上聞。懷宗素服避殿,飭逮鳳陽巡撫楊一鵬及振纓下獄。一鵬棄市,振纓遣戍。別命侍郎朱大典,總督漕運,巡撫鳳陽。

獻忠聞大典將至,頗憚威名,更兼江北諸邑,素多山民,所在結寨,與賊相角,頗多殺傷。遂西出麻城,取道漢口,仍入陝西。高迎祥、李自成等,藥弩窩弓,因歸德一帶,官兵四集,也竄入陝境,秦中復為賊壑。往來無定,是之謂流賊。副將艾萬年、柳國鎮等,先後陣亡。總兵曹文詔,自調赴大同後,復奉命剿賊,至是聞秦中賊警,急趨信陽,謁見承疇,自請入陝一行。承疇怡然道:「非將軍不能滅此賊,但我兵已分,無可策應,將軍若行,然緩不濟急,觀前日抑功不奏,可知承疇之許,未必定懷好意。文詔乃只有後勁之言,我當由涇陽趨淳化,自為後勁。」孤軍深入,兵法所忌,承疇雖率三千人,從寧州出發,抵真寧縣的湫頭鎮。見前面賊旗招展,蜂擁而來,當即布陣迎敵。從子變蛟,帶著前隊,躍馬出陣,橫掃賊兵,斬首五百級,追奔三十里。文詔率步兵繼進,天色驟晚,忽然賊兵大集,四面合圍,流矢似飛蝗一般,射將過來。文詔左右跳蕩,用矛刺殺百餘賊,賊初不知為文詔,有叛卒大呼道:「這是曹總兵,怪不得有此神勇呢。」賊目聞知曹總兵三字,怎肯輕輕放過?指麾群賊,合圍益急。文詔尚挺矛亂刺,昬然一聲,矛頭竟斷,身上復中了數矢,忍痛不住,竟拔出佩刀,自刎而死。游擊

第九十四回　陳奇瑜得賄縱寇　秦良玉奉詔勤王

平安以下，共死二十餘人，唯變蛟得脫。賊眾乘勝掠地，到處縱火，西安城中，光同白日。及承疇到了涇陽，文詔已戰死數日，不過扼住中途，賊不得越。獻忠仍出關東走，唯高迎祥、李自成尚留秦中。懷宗聞文詔陣殁，深為痛悼，欽賜祭葬，世蔭指揮僉事。一面命盧象升為兵部侍郎，總理江北、河南、山東、湖廣、四川軍務，與洪承疇分頭討賊。承疇辦西北，象升辦東南，雙方各有責成，軍務稍有起色。

承疇擊迎詳自成，大戰渭南、臨潼間，自成大敗東走，迎祥亦屢敗，與自成分道東行，由河南至江北，圍攻廬州，累日不下，轉陷含山、和州，進犯滁州。總理盧象升方招集諸將，出師鳳陽，聞廬州被圍，即率總兵祖寬，馳抵滁州城下，擊走賊眾，追殺無算，伏屍蔽野，滁水為赤。迎祥、自成復渡河西走，再入陝西，時已崇禎九年了（百忙得標明年曆，為下文接入清主稱尊張本）。

是年滿洲太宗平定察哈爾部，收復內蒙古屬境，獲得元朝遺下的傳國璽，遂自稱為帝，易國號為大清，改天聰十年為崇德元年。唯察哈爾部酋林丹汗，向西遁走，清太宗恐死灰復燃，復派兵追趕，直到歸化城，未見下落。軍士捉不住林丹汗，遂順路突入明邊，騷擾宣州、應州、大同等處，奪得人口牲畜七萬六千，唱著凱歌，返旆自去。嗣又

156

遣將入喜峰口，由間道至昌平，巡關御史王肇坤戰歿。清兵連下畿內各州縣，順義知縣上官藎，寶坻知縣趙國鼎，定興教諭熊嘉志及在籍太常少卿鹿善繼，安肅知縣鄭延任，統同殉節。

警報飛達明廷，給事中王家彥，因陵寢震驚，奏劾兵部尚書張鳳翼，不知預備，有負職守。鳳翼乃自請督師，命與中官羅維寧，宣大總兵梁廷棟，互為犄角，防堵敵軍。其實鳳翼是畏葸無能，只因言路糾彈，沒奈何請命出師，杜塞眾口。離都以後，仍然逗留不進，作壁上觀。那時畿輔告警，仍與雪片相似，當由懷宗下詔，飛飭各鎮兵入京勤王。且諭廷臣助餉，並括勳戚文武諸臣馬匹，作為軍需。糧馬等物，索及廷臣，實乖政體，何不將所有中官，一律查抄，較有著落。各鎮或退縮不前，或為流賊牽制，無暇入援。唐王聿鍵，系太祖第二十三子檉七世孫，襲封南陽，嘗齏金築城，捍禦流賊，至是獨仗義勤王。行至裕州，誰料朝命特下，反說他擅離封土，居心叵測，勒令退還。聿鍵摸不著頭緒，只好遵旨南歸。後來部議加罪，竟把他廢為庶人，幽錮鳳陽（敘入聿鍵，隱伏後文閩中擁立事。且申明懷宗政令，出爾反爾，令人莫測）。總理盧象升，鞠躬報主，聞近畿各鎮，多半觀望，不由的慷慨灑泣，誓眾入援。還有一位出類拔萃的女丈夫，不憚千里，星夜奔波，竟自川東起程，入衛懷宗。看官道是何人？便是前時助剿蠻

157

第九十四回　陳奇瑜得賄縱寇　秦良玉奉詔勤王

酉，連破賊寨的秦良玉（應八十四回）。原來良玉自永寧、水西，依次蕩平以後，敘功加賞，得授三品朝服。良玉遂撤去釵珥，除去環珮，竟改易男裝，峨冠博帶，居然撲朔迷離，做了一個美貌的男子。並且挑選健婦，得三五百人，也令她們易服相隨，作為親兵。當流賊竄入蜀道，進陷夔州，她已出兵扼險，阻賊西進（應前回）。及聞勤王詔下，竟召集各部士兵，勉以忠義，倍道馳援。入都後，清兵已飽掠颺去，京師解嚴。懷宗聞她到來，也覺詫異，立即傳旨召見。良玉仍朝服朝冠，登階叩首，山呼萬歲。當由懷宗溫言慰勉，她卻不慌不忙，從容奏對。不但懷宗大悅，連朝右一班大臣，均為改容起敬。當下頒布綸音，晉封良玉一品夫人，復由懷宗親制詩章，作為特別的寵賜，小子尚記得一絕句云：

蜀錦宮袍手製成，桃花馬上請長纓。
世間不少奇男子，誰肯沙場萬里行？

後人誣謗良玉，說她勤王入都，公然帶美貌男妾十餘人，哪知她貌是男裝，體屬女身，並沒有虧辱名節呢！力為良玉辯白，是替奇女子吐氣。良玉拜賜後，仍帶兵還蜀去了。欲知後事，且看下回表明。

闖王闖將，誤入車箱峽，正陳奇瑜殲賊奏績之時。況自成面縛乞降，不誅何待？設戮渠魁，赦脅從，則自成授首久矣，何至有甲申之慘變。然則縱寇誤國之罪，實不容誅。崇煥磔死，奇瑜乃減至謫戍，功罪之倒置如此，幾何而不亡國也。曹文詔忠勇冠時，復為群小擠排，陷入大敵，不死於濫刑，即死於賊寇，良將盡而國祚危矣。至清軍入塞，勤王詔下，張鳳翼、梁廷棟輩，毫無經濟，徒事畏縮，各鎮又多觀望，入援者唯一義士盧象升，及一奇女秦良玉。象升固忠，並世尚有之，獨如良玉者實難多得，特筆加褒，為女界吐氣，即為男子示愧，有心人下筆，固自不苟也。

第九十四回　陳奇瑜得賄縱寇　秦良玉奉詔勤王

第九十五回 張獻忠偽降熊文燦　楊嗣昌陷歿盧象升

卻說盧象升奉詔入衛，至已解嚴，適宣、大總兵梁廷棟病歿，遂命象升西行，總督宣、大、山西軍務，象升受命去訖。唯自崇禎三年至九年，這六年中，閣臣又屢有變易，如吳宗達、錢象坤、鄭以偉、徐光啟、錢士升、王應熊、何吾騶、文震孟、林等，差不多有一二十人，內中除鄭、徐、徐、林三人，在職病逝外，統是入閣未久，即行退免。看官聽著！這在任未久的原因，究是為著何事？原來都是那材庸量狹的溫體仁，擺布出來。體仁自崇禎三年入閣，似銅澆鐵鑄一般，毫不更動，他貌似廉謹，遇著國家大事，必稟懷宗親裁，所以邊境雜沓，中原紛擾，並未聞他獻一條陳，設一計議。懷宗自恃剛斷，還道他溫恭事，任為首輔，哪知他專排異類，善軋同僚，所有並進的閣臣，無論他智愚賢否，但與他稍有違忤，必排斥使去。錢象坤系體仁門生，先體仁入閣，至體仁

161

第九十五回　張獻忠偽降熊文燦　楊嗣昌陷歿盧象升

輔政，他便執弟子禮，凡事謙讓，唯不肯無端附和，體仁以為異己，竟排他出閣。就是暗為援引的周延儒（應九十二回），也中他陰謀，致失上意，引疾告歸。先是體仁見懷宗復任中官，遂請起用逆案中的王之臣等，討好閹人。懷宗轉問延儒，延儒謂：「若用之臣，崔呈秀亦可告無辜。」延儒輔政，唯此二語，最為明白。說得懷宗為之動容，立反暗中下石，及延儒察知，乃乞休而去。誰教你引用小人？給事中王紹傑，員外郎華允誠，主事賀三盛等，連疏彈劾體仁，均遭譴責。工部侍郎劉宗周，累疏指陳時弊，語雖激切，尚未明斥體仁，體仁竟恨他多言，擬構成宗周罪狀，宗周因乞假出都。適京畿被兵，道梗不通，乃僑寓天津，再疏論政刑乖舛，至數百言，結末有「前後八年，誰秉國成，臣不能為首揆溫體仁下一解語」云云。體仁大怒，竟入奏懷宗，情願辭官。懷宗正信任體仁，自然遷怒宗周，當即傳旨將宗周削籍，殉節事見後文。宗周山陰人，僕被歸里，隱居講學去了。後來宗周講學蕺山，世稱蕺山先生。體仁又倡言密勿宮廷，不宜宣洩，因此所上閣揭，均不頒發，亦未嘗存錄，所以廷臣被他中傷，往往沒人知曉。但天下事若要不知，除非莫為，自己陷害別人，免不得為別人陷害。冤冤相報，總有一日。世人其聽之！常熟人張漢儒，希體仁旨，訐奏錢謙益居鄉不法，體仁遂擬旨逮問謙益。

162

謙益懼甚，賄通關節，向司禮監曹化淳求救。化淳故王安門下，謙益曾為安作碑銘，一脈相關，頗有意為他解免。漢儒偵悉情形，密告體仁，體仁復白懷宗，請並坐化淳罪。化淳繫懷宗倖臣，竟泣訴帝前，自請案治。最後查得體仁、漢儒，朋比為奸，乃始邀懷宗省悟，覺他有黨，先將漢儒柳死，繼將體仁免官。體仁還退食委蛇，自謂無慮，哪知免官詔下，驚得面如土色，連匕箸都失墜地下。弄巧成拙，安得不悔？歸未踰年，即行病逝。不死何為？

懷宗復另用一班閣臣，如張至發、孔貞運、賀逢聖、黃士俊、劉宇亮、傅冠、薛國觀等，大都旅進旅退，無所匡益，甚至內外監軍，統是閹人柄政。京外的監軍大員，以太監高起潛為首，京內的監軍大員，以太監曹化淳為首。旋復召楊嗣昌為兵部尚書，兼東閣大學士，參預機務。嗣昌曾巡撫永平，丁父憂回籍，詔令奪情視事，當即入朝受職。他胸中沒甚韜略，單靠一張利嘴，能言善辯，觀見時奏對至數百言，且議大舉平賊，分各省官軍為四正六隅，號為十面羅網，與景延廣十萬橫磨劍相似。所任總督總理，應從賊征討，復上籌餉四策：一因糧，每畝加輸六合，歲折銀八錢；二溢地，土田須考核輸賦；三開捐，富民輸資，得為監生；四裁驛，原有驛站，概屬軍官管理，裁節各費，悉充軍餉。四策無一可取。統共預算，可增餉二百八十萬，增兵十二萬，懷宗

163

第九十五回　張獻忠偽降熊文燦　楊嗣昌陷歿盧象升

一一照行，詔有「暫累吾民一年，除此腹心大患」等語。嗣昌復留意將才，引薦一人，就是陳奇瑜第二，叫做熊文燦。文燦就職廣西，懷宗因嗣昌推薦，即遣中使往覘虛實，留飲十日，得賄數百金。開手即用賄賂，已足覘知品概。席間談及中原寇亂，文燦酒酣耳熱，不禁拍案痛罵道：「都是庸臣誤國，貽禍至此。若令文燦往剿，何異鼠輩？」中使起立道：「上意方欲用公，公果有撥亂才，寵命且立下了。」文燦尚是抵掌狂談，說個不休。次日酒醒，自悔失言，又與中使談及，有五難四不可條件。中使疑他謙慎，敦勸再三而別。

過了數日，詔命果下，即授文燦為兵部尚書，總理南畿、河南、山西、陝西、湖廣、四川軍務，文燦也直受不辭，既知五難四不可，何勿上表辭職？大募粵人，用以自衛。弓刀甲冑，很是整齊，乃就道北行，東出廬山，謁僧空隱。空隱素有才學，因痛心世亂，棄家為僧，文燦與為故交，兩下相見，空隱也不致賀，但對他唏噓道：「錯了錯了！」文燦覺言中寓意，即屏去從騎，密詢大略。空隱道：「公此番受命將兵，自問能制賊死命麼？」當頭一棒，不啻禪偈。文燦躊躇半晌，答稱未能。空隱道：「剿賊各將，有可屬大事，獨當一面，不煩總理指揮，自能平定劇賊麼？」文燦道：「這也難必。」空隱道：「公既無一可恃，如何驟當此任？主上望公甚厚，若一不效，恐罪遭

164

不測了。」文燦聞言,不禁色變,卻立數步,嗣又問道:「議撫何如?」空隱道:「我料公必出此計,但流寇與海寇不同,公宜慎重,幸勿自誤誤國!」文燦尚似信未信,即行別去。空隱說法,不亞生公,獨頑石不知點頭奈何?到了安慶,左良玉率兵來會,敘談一番,很是投契。兩人俱善大言,所以意氣相投。當由文燦拜疏,請將良玉所部六千人,歸自己直接管轄,得旨俞允。看官!你想良玉桀驁不馴,果肯受文燦節制麼?彼此同住數日,良玉部下,已與粵軍不和,互相詬罵,文燦不得已遣還南兵,只與良玉同入襄陽。

是時闖王高迎祥,為陝撫孫傳庭所擒,解京磔死,賊黨共推自成為闖王。自成欲由陝入川,甫出潼關,總督洪承疇,檄令川陝各兵,南北夾擊,斬賊數千級,將自成所有精銳,殺戮殆盡。連自成妻小,也都失去。自成走脫,欲依獻忠,忽聞獻忠已降熊文燦,沒奈何竄走浙、川,投入老回回營,臥病半年,仍率眾西去。看官諒可記著,前時獻忠曾降順洪承疇,旋即叛去。此次何故又降熊文燦?原來文燦馳抵襄陽,沿途刊布撫檄,招安群賊。獻忠狡黠善戰,獨率眾截擊,不肯用命,偏被總兵左良玉、陳洪犯二軍,兩路夾擊,一敗塗地,額上中了流矢,血流滿面,險些兒被良玉追及,刀鋒所至,僅隔咫尺,虧得坐騎精良,縱轡跳免。賊目闖塌天,與獻忠有隙,竟詣文燦處乞降。獻

第九十五回　張獻忠偽降熊文燦　楊嗣昌陷歿盧象升

忠聞知，恐他導引官軍，前來復仇，自己又負創過重，不堪再戰，遂遣人至洪範營，上重幣，納款輸誠。獻忠初為盜時，曾為洪範所獲，因他狀貌奇偉，釋令歸伍，他竟暗地逃去，至是復由來人傳述，謂夙蒙大恩，願率所部自效，殺賊贖罪。洪範大喜，轉告文燦，受獻忠降。文燦不鑑承疇，已是大誤，洪範且不知自鑑，比文燦罪加一等。獻忠遂至文燦營，匍匐請罪。文燦命起，詳詢餘賊情狀，獻忠自言能制鄖、襄諸賊，文燦信以為真，遂命他仍率舊部，屯駐穀城。獻忠又招降羅汝才，汝才綽號曹操，狡悍不亞獻忠，當時湖、廣、河南賊十五家，應推他兩賊為魁桀。兩賊既降，餘賊奪氣，文燦很是歡慰，拜表請赦，特旨准奏。哪知他兩賊悍鷙性成，並非真心願降，他因連戰連敗，進退無路，特藉此投降名目，暫息奔波。暗中仍勾結爪牙，養足氣力，那時再行叛逸，便不可當，這就所謂欲取姑與，欲奮先斂的祕計呢。議撫之足為賊利，闡抉無遺。

中原稍得休息，東北又起戰爭。清太宗征服朝鮮，又大興兵甲，命親王多爾袞、岳託，同為大將軍，率左右兩翼，分道攻明，入長城青山口，至薊州會齊。薊、遼總督吳阿衡敗死，監軍官太監鄧希詔遁走，清兵乘勢攻入，抵牛闌山，適遇總監高啟潛，帶著明兵扼守，啟潛曉得什麼兵事，平安時擅作威福，緊急時馬上奔逃，一任清兵殺入，由蘆溝橋直趨良鄉，連拔四十八城，高陽縣亦在其內。前大學士孫承宗，在籍家居，服

166

毒自盡。子孫十餘人，仗著赤手空拳，與清兵搏擊，殺傷了數十人，次第畢命。明季將才，只熊廷弼、袁崇煥、孫承宗三人，至此無子遺了。清兵又從德州渡河，南下山東，破州縣十有六，並陷入濟南。德王由樞，系英宗子見潾六世孫，在濟南襲封，竟被擄去。布政使宋學朱，巷戰中矢，力竭自刎。妻方氏，妾陳氏，投入大明湖中，統歸冥漠。只有節。巡按御史張秉文，及副使周之訓等，或被殺，或自盡，大小忠魂，一同殉巡撫顏繼祖，已由楊嗣昌調赴德州，途中與清兵相左，因得免禍。但濟南防兵，多隨繼祖北去，城內空虛，遂致倉猝失守，這也不能不歸咎嗣昌呢。

嗣昌復檄宣、大總督盧象昇，督兵入援，象昇方遭父喪，固辭未獲，遂縗絰從戎，忘家赴難，甫入京師，聞楊嗣昌與高啟潛，有議和消息，心中甚以為非。會懷宗召對平台，諮詢方略，象昇慨然道：「皇上命臣督師，臣意主戰。」一味主戰，也覺愚戇。懷宗不禁色變，半响方道：「廷議或有此說，朕意何嘗照准。」象昇復歷陳守禦規劃，懷宗也為點首，只命與嗣昌、起潛，會議戰守事宜。象昇退朝，與兩人晤談，當然未合，復入內復旨，即日陛辭。既出都門，又疏請與楊、高二人，各分兵權，不相節制。廷議以宣、大、山西三師屬象昇，山海關、寧遠兵士屬啟潛。象昇得晉職尚書，感念主恩，擬即向涿州出發。不意嗣昌親到軍前，與商和議，戒毋輕戰。象昇道：「公等堅持和議，

第九十五回　張獻忠偽降熊文燦　楊嗣昌陷歿盧象升

獨不思城下乞盟，春秋所恥。長安口舌如鋒，難道不防袁崇煥覆轍麼？」嗣昌被他一說，頓時面頰發赤，徐徐方言道：「如公所言，直欲用尚方劍加我了。」象升又憤憤道：「盧某既不奔喪，又不能戰，尚方劍當先加己頸，怎得加人？」語固近正，未免過激。嗣昌道：「公休了！願勿以長安蜚語陷人。」象升道：「周元忠赴邊講和，往來數日，全國皆知，何從隱諱？」嗣昌無詞可對，快快而去。原來周元忠曾在邊賣卜，與邊人多相熟識，所以嗣昌遣他議和，但亦未得要領，不過敷衍塞責。既要議和，亦須選一使才，乃委諸江湖賣藝之流，不特無成，且不免為敵人所笑。象升心直口快，索性盡情說透。越日，象升復晤著起潛，兩下談論，越發齟齬。象升遂一意進行，道出涿州，進據保定，聞清軍三路入犯，即遣將分頭防堵。怎奈象升麾下，未及二萬人，不敷遣調，清兵又疾如暴雨，馳防不及，列城多望風失守。嗣昌竟奏劾象升排程失宜，削尚書銜，仍以侍郎督師，象升恰不以為意。最苦是兵單餉薄，沒人援應，每至夜間，獨自飲泣，及到天明，又督屬部卒，一面檄兵部餉糧，偏被嗣昌阻住不發，看看糧餉已盡，將士皆饑，自知去死不遠，遂於清晨出帳，對著將士下拜，並含淚道：「我與諸君同受國恩，只患不得死，不患不得生。」言之痛心。眾將士聞言，個個感泣，都請與敵軍決一死戰。象升乃出發鉅鹿，檢點兵士，只剩五千名。參贊主事楊廷麟，因起潛大營，相

168

距只五十里,擬前去乞援。象升道:「他、他肯來援我嗎?」廷麟堅請一行,象升握廷麟手,與他訣別道:「死西市,何如死疆場?我以一死報君,猶自覺抱歉呢。」

廷麟去後,象升待了一日,毫無音信,遂率兵徑趨嵩水橋,遙見清兵如排牆一般,殺將過來,部下總兵王樸,即引兵逃去,只留總兵虎大威、楊國柱兩人,尚是隨著。象升分軍為三,令大威率左,國柱率右,自率中軍,與清兵拚死相爭,以一當十,兀自支持得住。大戰半日,殺傷相當。傍晚各休戰小憩,到了夜半,象升聞鼓聲大震,料知敵兵前來,出帳一望,見自己一座孤營,已被清兵團團裏住,忙率大威、國柱等,奮力抵禦。遲至天明,清兵越來越眾,圍至三匝,象升麾兵力戰,炮盡矢窮,大威勸象升突圍出走,象升道:「我自從軍以來,大小數十百戰,只知向前,不知退後。今日內扼奸臣,外遇強敵,死期已至,尚復何言?諸君請突圍出去,留此身以報國,我便死在此地了!」言已,竟手執佩劍,殺入敵陣,身中四矢三刃,尚格殺清兵數十人,力竭乃亡。一軍盡沒,唯大威、國柱得脫。起潛聞敗,倉皇遁還,楊廷麟徒手回營,已成一荒郊慘野,暴骨盈堆,中有屍首露著麻衣,料是象升遺骸。慘心椎血,有如是耶?乃邀同順德知府於穎,暫為掩埋,並聯銜入奏。嗣昌已聞敗耗,猶匿不上聞,及廷麟疏入,不便隱諱,反說象升輕戰亡身,死不足惜。懷宗竟誤信讒言,不給卹典。及言官交劾起潛,說

第九十五回　張獻忠偽降熊文燦　楊嗣昌陷歿盧象升

他擁兵不救，陷沒象升，乃將起潛下獄，審訊得實，奉旨伏誅。直至嗣昌敗後，乃加贈恤，這且慢表。

且說象升已死，清兵未退，明廷急檄洪承疇總督薊、遼，孫傳庭總督保定、山東、河北軍務。傳庭疏請召見，嗣昌恐他奏陳己過，擬旨駁斥，只令他速即蒞任。傳庭慍甚，引疾乞休。嗣昌又得了間隙，遂劾傳庭逆旨偷生。懷宗也不辨皂白，竟逮傳庭下獄，削籍為民。還幸清兵只來騷擾，無意略地，一經飽掠，即班師回去，明祚尚得苟延了五六年。小子有詩嘆道：

一蟻憑堤尚潰防，況令孤鼠握朝綱。
忠良慘死群陰沍，國祚何由不速亡。

清兵退後，中原流賊，又乘隙狺獝起來，待小子下回再表。

讀此回，見懷宗之為國，非唯不得人，抑且不得法。寇不可撫而撫之，清可與和而不和，是實為亡國之一大禍苗。推懷宗之意，以為流寇吾民也，安民。清國吾敵也，只可戰，不可和，和則怯敵。詎知寇已跳梁，流毒半天下，人人慾得而誅之，尚可言撫乎？清主本非同族，遠峙關外，暫與言和，亦屬何傷？設令一面與

170

和，一面會剿，待掃平流寇，休養數年，再俟關東之隙，出師征討，清雖強，不足平也，乃內則主撫，外則諱和，流寇忽降忽叛，清兵自去自來，顧西失東，顧東失西，將士疲於奔命，而全國已瓦解矣，欲不亡得乎？或謂主撫者為熊文燦，不主和者為盧象升，皆非懷宗之咎，不知廟謨失算，眾將紛呶，貸死之詔，自誰發乎？恥和之言，與誰語乎？尚得謂懷宗無咎乎？至若溫體仁、楊嗣昌之得邀寵任，並及中官之濫用監軍，賢奸倒置，是非不明，我更不欲責矣。

第九十五回　張獻忠偽降熊文燦　楊嗣昌陷歿盧象升

第九十六回

失襄陽庸帥自裁　走河南逆闖復熾

卻說熊文燦既收降張、羅二賊，餘賊膽落，湖、廣、河南一帶，稍稍平靜。文燦遂上言「兵威大震，潢池小丑，計日可平」等語，懷宗優詔報答。至洪承疇調督薊、遼，孫傳庭無辜下獄，關、陝中失兩統帥，張獻忠遂密圖自逞，擁兵索餉，日肆劫奪。穀城知縣阮之鈿，屢稟文燦，乞為預防，文燦不省。獻忠遂殺之鈿，毀穀城，脅眾復叛。羅汝才聞獻忠動手，自然起應，與獻忠同陷房縣，殺知縣郝景春及其子鳴鸞。左良玉率兵追剿，至羅山，遇伏敗績，喪士卒萬人，並亡副將羅岱。楊嗣昌聞報大驚，亟面奏懷宗，請自出督師討賊。無非恐文燦得罪，自己連坐，因請自出以試懷宗，自謀不可謂不巧，但人有千算，天教一算，奈何？懷宗乃削文燦官，降良玉職，命嗣昌代文燦任，賜尚方劍，及督師輔臣銀印。臨行時，由懷宗親餞三爵，賜詩勒石。又弄錯了。嗣昌拜謝

第九十六回　失襄陽庸帥自裁　走河南逆闖復熾

而出，馳抵襄陽，此行恐非初志。入文燦軍。文燦方在交卸，緹騎忽至，把他逮解京師，尋即棄市。空隱之言驗矣。

嗣昌大會諸將，誓師窮剿，左良玉、陳洪範等畢至，良玉英姿特達，詞辯生風，大受嗣昌賞識。以貌以言，寧可取人。嗣昌即奏良玉有大將才，請破格任用，應拜為平賊將軍，有旨報可。良玉即佩將軍印，偕諸將至枸平關，與獻忠遇，出師合擊，戰敗獻忠。獻忠遁入蜀界。良玉復從後追躡，正驅軍大進，忽接嗣昌來檄，令他駐兵興平，遣別將賀人龍、李國安等，入蜀追賊。良玉憤憤道：「我正要乘勝圖功，剿滅此賊，乃無端阻我前進，真是何意？」言畢，把來檄擲諸地上，仍飭進兵，似此驕將，安肯受嗣昌籠絡？直抵太平縣境的瑪瑙山。山勢險峻，方擬倚險立營，驚聞山上有鼓譟聲，仰首眺望，見賊已踞住山巔，乘高大呼。良玉戒軍士輕動，自己從容下馬，周覽一番，才分兵為三隊，三面登山，且下令道：「聞鼓聲乃上。」各將踴躍聽令，等了半晌，尚不聞有鼓聲。大眾驚疑參半，遙望山上各賊，或坐或立，陣勢錯亂，都不禁交頭私議，謂此時不上山進攻，更待何時？偏偏中軍帳下，仍寂無音響，大眾未免焦躁。條已天晚，突聞鼓聲大起，隨即三面齊登，直上山頂。獻忠也擬乘夜下山，不防良玉已先馳上，且分軍三路，堵不勝堵，頓時腳忙手亂起來。官軍衝突入陣，銳厲無前，獻忠料不可支，策馬

174

先奔。賊眾見獻忠一走，都是逃命要緊，紛紛四竄。怎奈天色已昏，忙不擇路，有墜崖的，有陷澗的，稍稍仔細，徐行一步，便被官軍殺死。賊黨掃地王曹威、白馬鄧天王等十六人，統不及逃避，陸續斃命。此時獻忠逃至山後，回顧殘眾，僅得數百人，連自己的妻妾，也不知去向了。此時無暇尋覓，但急急忙忙的遁入歸山中。羅汝才自旁道出，犯蜀夔州，偏遇石柱女官秦良玉，率眾來援，智曹操碰著勇貂蟬，一些兒沒有勝著，大纛旗被她奪去，所率勇悍賊目，又被她斫死六人，沒奈何遁入大寧。

楊嗣昌聞兩賊窮蹙，飛檄左良玉及賀人龍，令他窮搜會剿，指日殲除。哪知左良玉不肯深入，賀人龍也是逗留。原來瑪瑙山未戰以前，嗣昌以良玉違令進兵，擬奪良玉封印，給與人龍，且曾與人龍面談，囑令盡力。至瑪瑙山捷報馳至，嗣昌又左右為難，不得已婉告人龍，靜待後命。人龍也好生怨望，遂致你推我諉，把賊寇擱起一邊。獻忠復遣人遊息，心中很是怏怏。主見未定，如何做得統帥？良玉雖未曾奪印，聞著這個消不肯深入說，至良玉營，與語道：「獻忠尚在，所以公得見重，否則公亦無幸了。」木朽蛀生，即此可見。良玉也以為然，樂得觀望徘徊，按兵不動。獻忠遂得潛收潰卒，西走白羊山，與羅汝才會合，再出渡江，陷大昌，攻開縣，沿途迫脅，氣焰又張。

第九十六回　失襄陽庸帥自裁　走河南逆闖復熾

嗣昌聞賊又嘯聚，自出赴蜀，駐節重慶。監軍評事萬元吉，入白嗣昌謂：「左、賀兩軍，均不足恃，賊或東竄，必為大患，須亟從間道出師，截他去路，方為萬全。」嗣昌不從，只檄令左、賀各軍，蹙圍賊眾，毋令他逸。人龍本屯兵開縣，託詞餉乏，引軍西去，良玉遲久方至。嗣昌擬水陸並進，追擊獻忠，且下令軍中道：「汝才若降，免罪授官。獻忠罪在不赦，若得獻忠首，立賞萬金，保舉侯爵。」此令下後，過了一日，那行轅裡面，四處張著揭帖，上面寫著，「能斬督師楊嗣昌，賞銀三錢」。妙不可言。嗣昌瞧著，不勝駭愕，還道左右皆賊，遂限令進兵，軍心已變，速進何益？自統舟師下雲陽，令諸將陸行追賊。總兵猛如虎，參將劉士傑，奮勇前驅，與獻忠相值。士傑當先突陣，賊眾辟易。獻忠遁入山中，憑高俯瞰，但見如虎一軍，有前無繼，遂想了一計，命部下悍賊，繞道山谷中，抄出官軍後背，自率眾從高馳下，夾擊官軍。士傑與游擊郭開，先後戰死。唯如虎突圍而出，甲仗軍符，盡行失去。良玉軍本在後面，不但不肯進援，反且聞風潰走。獻忠遂席捲出川，復入湖北，途次虜嗣昌使人，從襄陽返四川，詢知襄陽空虛，遂將他殺死，取得軍符，密令二十八騎，改易官軍衣飾，令持符入襄城，潛為內應。及賊騎夜至襄陽為嗣昌軍府，軍儲軍械，各數十萬，每門設副將防守，監察頗嚴。城下，叩門驗符，果然相合，遂啟城納入。是時城內官民，未得開縣敗報，個個放心安

176

睡，不意到了夜半，炮聲震地，火光燭天，大家從睡夢中驚醒，還是莫名其妙，至開門四望，好幾個做了無頭之鬼，才知賊兵入城，霎時間闔城鼎沸，知府王承曾，潛自出走，望見城門洞開，一溜煙的跑了出去。兵備副使張克儉，推官鄺日廣，游擊黎民安，倉猝巷戰，只落得臨陣捐軀，表忠千古。旌揚忠烈，闡發幽光。賊眾縱火焚襄王府，襄王翊銘，系仁宗子瞻墡六世孫，嗣爵襲封，至是被虜，由賊眾擁至南城樓。獻忠高坐堂皇，見襄王至，命左右持一杯酒，勸王令飲，且語道：「王本無罪，罪在楊嗣昌。但嗣昌尚在川境，不能取他首級，只好把王頭一借，令嗣昌陷藩得罪，他日總好償王性命，王宜努力盡此一杯！」悍賊亦解調侃。襄王不肯遽飲，頓時惱動獻忠，將他殺害，投屍火中。宮眷殉節，共四十三人。還有未死宮女，都被賊眾掠去，任意淫汙。所有軍資器械，悉為賊有。獻忠覓得自己妻妾，尚在獄中，不禁喜慰，遂發銀十五萬兩，賑濟難民。樂得慷慨。留居二日，又渡江陷樊城，破當陽，入光州。楊嗣昌方追賊出川，至荊州沙市，聞襄陽失陷，急得魂魄俱喪，飛檄左良玉軍往援，已是不及。尋又聞李自成陷河南府，福王常洵被害，不禁掩泣道：「我悔不聽萬元吉言，今已遲了。」言已，嘔了好幾口鮮血，又自嘆道：「失二名郡，亡兩親藩，此係何等重事，皇上豈肯赦我？我不若自盡，免得身首兩分。」遂絕粒數日，竟致餓死。還算硬朗。

第九十六回　失襄陽庸帥自裁　走河南逆闖復熾

看官聽說！前回說到李自成窮蹙無歸，虧得老回回留他在營，臥病半年，才得逃生，此時何故勢焰復盛，陷入河南呢？說來話長，且聽小子說明底細。自成率領殘眾，竄入函谷關，又被官軍圍住，不得他逸，意圖自盡。經養子李雙喜力勸乃止。官軍攻甚急，楊嗣昌時在襄陽，獨檄令軍中道：「圍師必缺，不若空武關一路，令他出走，追擒未遲。」又是他的妙計，放令出柙。諸將依令而行。自成將所掠婦女，盡行殺斃，單率五十騎，從武關逃出鄖陽，糾合諸賊，再出淫掠。總兵賀人龍等，屢剿屢勝，擒滾地狼，斬蠍子塊，所有混十萬、金翅鵬、掃地王、小秦王、託天王、過天星、關索、滿天星、張妙子、邢家米，及自成部將火天王、鎮天王、九條龍、小紅狼、九梁星等賊，相繼投誠。唯自成始終不降。

自成有驍將劉宗敏，本藍田縣鍛工，隨從自成，獨得死力，至是見眾勢日蹙，亦欲歸降官軍，自成察得隱情，便邀他走入叢祠密語道：「人言我當為天子，不意一敗至此。現有神明在上，且向神一卜，如若不吉，你可斷了我首，往投官兵。」宗敏聞言，即與自成一同叩禱，三卜三吉。神明亦助劇賊，想是劫數難逃。宗敏躍起道：「神明指示，諒必不差，我當誓死從汝。」自成乃道：「官軍四逼，除非人自為戰，無可突圍。我的妻小，前已失去，所掠婦女，亦都殺死，單剩一個光身子，倒也脫然無累。只兄弟們

多帶眷屬，未免累墜，一時不能盡走，奈何？」宗敏道：「總教你得做皇帝，撇去幾個妻妾，亦屬何妨。」隨即相偕歸營。到了次日，宗敏攜著兩顆首級，入見自成。自成問首級何來？宗敏道：「這是我兩妻的頭顱，殺死了她，可同你突圍，免生罣礙。」自成大喜道：「好！好！」人家殺死妻妾，還連聲稱好，可見得是盜賊心腸。宗敏把兩妻首級，擲示餘黨道：「古人說的妻子如衣服，衣服破碎，盡可改制，我已殺死兩妻，誓保闖王出圍，諸君如或同志，即請照辦。他日富貴，何愁沒有妻妾，否則亦任令自便。」賊黨被他激動，多半殺死妻孥，誓從闖王。又是許多婦女晦氣。自成又盡焚輜重，微服輕騎，從鄖陽走入河南。適河南大饑，斗斛萬錢，自成沿路鼓煽，不到一月，又得眾數萬人，破宜陽，陷永寧，連毀四十八寨，勢又猖獗。

杞縣舉人李信，系逆案中李精白子，嘗出粟賑濟饑民，百姓很是感德，爭呼李公子活我。會繩妓紅娘子作亂，把李信擄去，見他文采風流，硬迫他為夫婦。李信勉強應允，趁著空隙，子身逃歸。地方官糊塗得很，說他是盜，拘繫獄中。紅娘子聞知，竟來劫牢，饑民相率趨附，戕官破獄，把信救出。信見大禍已成，不得不求一生路，遂與紅娘子及數百饑民，往投自成，備陳進行規劃。自成大喜，與他約為兄弟。同是姓李，應做弟兄。信改名為巖，且遺書招友，得了一個牛金星。金星系盧氏縣舉人，因磨勘被

第九十六回　失襄陽庸帥自裁　走河南逆闖復熾

斥，頗怨朝廷，既得信書，遂挈了妻女，往依自成，為主謀議。自成初妻韓氏，本屬娼家出身，在米脂時，與縣役蓋君祿通，被自成一同殺死，旋即為盜，掠得邢家女郎，作為繼妻。邢氏矯健多智，自成令掌軍資，每日發給糧械，必由賊目面領。翻天鷂高傑，曾在自成部下，嘗至邢氏營領械支糧，邢氏看他狀貌魁梧，軀幹偉大，不由的意馬心猿，暗與他眉來眼往。高傑也是個色中餓鬼，樂得乘勢勾引，遂瞞著自成，背地苟合。既有紅娘子，又有邢氏，正是無獨有偶。兩人情好異常，想做一對長久夫妻，竟乘夜潛遁，降順官軍。自成失了邢氏，又掠得民女為妻，潼關一戰，仍然失去。牛金星既依自成，情願將自己愛女，奉侍巾櫛，又薦一卜人宋獻策。獻策長不滿三尺，通河洛數，見了自成，陳上讖記，有「十八子主神器」六字，隱寓李字。自成大喜，封為軍師。李巖又勸自成不妄殺人，籠絡百姓，復將所掠財物，散給饑民。百姓受惠，不辨為巖為自成，但渾稱：「李公子活我。」巖又編出兩句歌謠，令兒童隨處唱誦，歌詞是「迎闖王，不納糧」二語。前六字，後亦六字，語不在多，已足煽亂。百姓方愁加稅，困苦不堪，聽了這兩句歌詞，自然歡迎闖軍。

　　自成遂進攻河南府，府為福王常洵封地，母即鄭貴妃，受賞無算，豪富甲天下（應七十九回）。先是援兵過洛，相率譁噪，統稱王府金錢山積，乃令我等枵腹死賊，殊不

甘心。前尚書呂維祺，在籍家居，適有所聞，即勸王散財餉士，福王不從。至自成進攻，總兵陳紹禹等，入城守禦，紹禹部兵多變志，從城上呼賊，賊亦在城下相應，互作笑語。副使王胤昌厲聲呵禁，被紹禹兵拘住。紹禹忙為馳解，兵士競噪道：「敵在城下，還怕總鎮什麼？」自成見城上大嘩，立命賊眾登城，賊皆緣梯上升，城上守兵，並不堵御，反自相戕害，紹禹遁去。賊眾趁勢擁入，競趨福王府。福王常洵，與世子由崧，慌忙逸出，被賊眾入府焚掠，所有金銀財寶，一掃而空。守財虜聽者！自成大索福王，四處搜尋，福王正匿迎恩寺，遇前尚書呂維祺。維祺道：「名義甚重，王毋自辱！」語尚未畢，賊眾大至，將福王一把抓住，連那尚書呂維祺，也一併被拘。唯福王世子由崧，赤身走脫（後來就是弘光帝）。自成怒目數福王罪，嚇得他觳觫萬狀，匍匐乞命。維祺又羞又惱，不由的憤怒交迫，詬罵百端。自成大怒，喝將維祺殺死，一面見福王體肥，指語左右道：「此子肥壯，可充庖廚。」侍賊應命，將福王牽入廚中，洗剝臠割，醃作肉麋。又由自成命令，羼入鹿肉，並作葅醬，隨即置酒大會，取出肉葅，令賊目遍嘗，且與語道：「這便是福祿酒，兄弟們請暢飲一厄！」言畢大笑。賊眾無不雀躍。又搜掘富室窖藏，席捲子女玉帛，捆載入山，令書辦邵時昌為總理官，居守府城，自率眾圍開封。巡撫李仙風，正率軍阻賊，與賊相左，那時開封城內，只留

第九十六回　失襄陽庸帥自裁　走河南逆闖復熾

巡按高名衡，及副將陳永福等數人，幸城高且堅，尚得固守。周王恭枵，系太祖第五世孫，嗣爵開封，因發庫金五十萬，募死士擊賊，賊斃甚眾，退避數舍。可巧李仙風收復河南府，復督軍還援，內外夾擊，一日三捷，自成乃解圍引去。福王惜金被虜，周王發金解圍，得失昭然。道遇羅汝才率眾來會，勢復大震。

汝才本與獻忠合，因獻忠陷入襄陽，所得財帛，悉數自取，遂為之不懌，自引部眾投自成。自成已擁眾五十萬，至是益盛。會獻忠東犯信陽，為左良玉等所敗，眾散且盡，所從止數百騎，亦奔投自成。自成佯為招納，暗中卻有意加害。汝才乃分給五百騎，縱使東行，自偕成，謂不如使擾漢南，牽制官軍，自成點首稱善。汝才入白自闖眾掠新蔡。陝西總督傅宗龍，與保定總督楊文嶽，方率總兵賀人龍、李國奇等，出關討賊，途次為闖、羅二賊所襲，人龍先走，國奇繼潰，文嶽亦逕自馳去。單剩宗龍孤軍當賊，被圍八日，糧盡矢絕，夜半出走，宗龍馬蹶被執，賊擁宗龍攻項城，大呼道：

「我等是秦督官軍，快開門納秦督！」宗龍亦奮呼道：「我是秦督傅宗龍，不幸墮入賊手，左右皆賊，毋為所給！」賊怒甚，抽刀擊宗龍，中腦立僕，尚厲聲罵賊。尋被賊劓鼻削耳，遂慘死城下。小子有詩嘆道：

杲卿罵賊光唐史，洪福詈奸報宋朝。

明季又傳傳總督，沙場應共仰忠標。

宗龍被殺，賊眾遂猛攻項城，畢竟項城是否被陷，且至下回表明。

本回全敘闖、獻事，闖、獻兩賊，非有奇材異能，不過因饑煽亂，嘯聚為患耳。假令得良將以討伐之，則賊焰未張，其勢可撲；賊鋒屢挫，其弱可擒；賊黨自離，其孽可間。雖百闖、獻，不難立滅。乃獻忠屢降而不之誅，一誤於陳奇瑜，再誤於熊文燦，三誤於楊嗣昌，而闖、獻橫行，大局乃瓦解矣。襄陽陷而糧械空，河南失而財帛盡，腹心既敝，手足隨之，觀於此回，而已決明之必亡矣。

第九十六回　失襄陽庸帥自裁　走河南逆闖復熾

第九十七回 決大河漂沒汴梁城 通內線恭進田妃鳥

卻說陝督傅宗龍，慘死項城，全軍覆沒。項城孤立無援，怎禁得數十萬賊兵？當即被陷，闔城遭難。賊又分眾屠商水、扶溝，進陷葉縣，殺死守將劉國能。國能就是闖塌天，初與自成、汝才結為兄弟，旋降官軍，為汝才所恨，遂乘勝入城，拘住國能，責他負約，把他殺害。再進攻南陽，總兵猛如虎，正在南陽駐守，憑城拒戰，殺賊數千，嗣因眾寡不敵，城被賊陷。如虎尚持著短刀，奮力殺賊，血滿袍袖，力竭乃亡。唐王聿鏌，系太祖第二十三子樫七世孫，襲封南陽，至是亦為所害。賊眾連陷鄧縣等十四城，再攻開封。開封巡撫李仙風，已坐罪被逮，由高名衡代為巡撫。名衡及副將陳永福，登陴力御，矢石齊下。李自成親自招降，被永福拈弓搭箭，颼的一聲，正中自成左目。自成大叫一聲，幾墜馬下，經賊眾掖住，始得回帳，便勒眾退至朱仙鎮養病去了。惜不射死了他。

第九十七回　決大河漂沒汴梁城　通內線恭進田妃鳥

先是陝撫汪喬年，接奉密旨，令掘自成祖塋。喬年即飭米脂縣令邊大綬，遵旨速行。大綬募役往尋，一時無從搜掘，嗣捕得李氏族人，訊明地址，乃迫令導引，去縣城二百里，亂山中有一小村，叫做李氏村，約數十家，逾村又里許，蹊徑愈雜，荒塚累累，有十六塚聚葬一處。內有一塚，謂系自成始祖墳，穴由仙人所造，壙內建有鐵釘繁，仙人言：「鐵釘不滅，李氏當興」云云。大綬即督役開掘，穴發過半，但見螻蟻圍集，火光熒熒，再斫棺驗視，屍骨猶存，黃毛遍體。腦後有一穴，大如制錢，中蟠赤蛇長三四寸，有角隆然，見日飛起，高約丈許。經兵役奮起力劈，蛇五伏五起，方才僵斃。喬年乃拾屍顱骨，並醃臘死蛇，遣官齎奏。未幾，自成即被射中左目，傷瞳成瞽，世人因稱為獨眼龍。堪輿之言不可盡信，若果風水被破，則自成應被射死，何至僅中左目？

汪喬年以李墳已破，遂會師出討，得馬步軍三萬名，令賀人龍等分領各軍，兼程東下，直抵襄陽城。襄陽新遭兵燹，守備未固，喬年遲疑不敢入。襄城貢士張永祺，率邑人出迎，不得已屯紮城下，立營才定，賊兵大至，賀人龍等未戰即潰，餘眾駭散，只剩喬年親卒二千名，隨喬年入城拒守。賊盡銳猛攻，歷五晝夜，守兵傷亡過半，遂被陷入。喬年卒自刎未死，猝遇賊兵，將他縶去，罵賊罹害。自成立索永祺，永祺匿免。呂氏

186

本支共九家，殺得一個不留。又因此恨及諸生，捕得二百人，一半刖足，一半割鼻，並殺守將李萬慶，進攻開封。萬慶就是射塌天，棄賊降官，因遭殺死。賊眾一住數日，復出陷河南各州縣，進攻獻忠，並不赴援。賀人龍等潰入關中，沿途淫掠，不亞流寇。左良玉逗兵鄖城，只說是防堵獻忠，並不赴援。

河南警報到京，日必數起，急得懷宗沒法，只好向詔獄中釋出孫傳庭，再三獎勞，授為兵部侍郎，令督京軍援開封。急時抱佛腳，毋乃太晚。開封軍報少紓，乃調傳庭入陝督，另簡兵部侍郎侯恂，出援開封。原來自成再圍開封，仍然未克。傳庭行至中途，又接旨令任陝，且密諭誅賀人龍。傳庭不敢違慢，便馳入秦中，召集各將。固原總兵鄭家棟，臨洮總兵牛成虎，援剿總兵賀人龍，均率兵來會，傳庭不動聲色，一一接見，至人龍參謁，即叱令左右，將他拿下。人龍自稱無罪，傳庭正色道：「你尚得稱無罪麼？新蔡、襄城迭喪二督，都是你臨陣先逃的緣故。就是從前開縣噪歸，獻賊出枥，迄今尚未平定。你自己思想，應該不應該麼？」遂不由人龍再辯，將他斬首，諸將均顫慄失容。人龍勇力過人，初出剿寇，殺賊甚眾，賊呼為賀瘋子，及為楊嗣昌所欺，始有變志，正法以後，賊眾酌酒相慶，爭說賀瘋子已死，取關中如拾芥了。賀人龍之罪應該論死，但亦為楊嗣昌所誤，我嫉人龍，我尤嫉嗣昌。

第九十七回　決大河漂沒汴梁城　通內線恭進田妃鳥

孫傳庭既誅賀人龍，即將人龍部兵，分隸諸將，指日討賊。適朝旨又下，命他速率陝軍，馳援開封。開封佳麗，為中原冠，賊眾久欲窺取，只因城堅守固，急切難下。自成前後三攻，總想把他奪去。明廷恰也注意開封，令河南督師丁啟睿，保定總督楊文嶽，及左良玉、虎大威、楊德政、方國安四總兵，聯軍赴援。再命兵部侍郎侯恂，作為後勁，總道是兵多勢厚，定可勝賊，哪知各軍到了朱仙鎮，與賊壘相望，左良玉先不願戰，拔營徑去，諸軍繼潰，啟睿、文嶽也聯騎奔汝寧，是謂土崩，是謂瓦解。反被賊眾追擊，掠去輜重無數。朝旨逮問啟睿，譴責文嶽，仍促孫傳庭出關會剿（此段是承上起下文字）。傳庭上言：「秦兵新募，不能速用，應另調別軍。」廷議只促他出師，傳庭不得已啟行。甫至潼關，接得河南探報，開封失陷。傳庭大驚，問明偵騎，才知開封被陷詳情。開封被圍日久，糧械俱盡。人且相食。周王恭枵，先後捐金百餘萬，復捐歲祿萬石，贍給守兵，仍不濟事。高名衡因城瀕大河，密令決河灌賊，期退賊軍，偏偏被賊騎偵悉，移營高阜，亦驅難民數萬決河。河水自北門灌入，穿出東南門，奔聲如雷，士民溺死數十萬。名衡猝不及防，忙與副將陳永福等，乘舟登城，城內水勢愈漲，周王府第，盡成澤國。王率宮眷及世子，從後山逸出，露棲城上七晝夜。幸督師侯恂，率舟迎王，王乃得脫。這尚是捐金的好處，否則不為賊虜，百姓亦未必容他自走。名衡等見不

可守，亦航舟出城，賊遂浮舟突入，搜掠城中，只有小山土阜，及斷垣殘堞上面，尚有幾個將死未死的難民，一古腦兒擄將攏來，不過數千人。此外滿城珍寶，盡已漂沒，賊亦無可依戀，但將所遺子女，掠入舟中，駛出城頭。河北諸軍，遙用大砲轟擊，賊舟或碎或沉，或棄舟逸去，被掠子女，奪回一半。

賊眾竟移攻南陽，傳庭因得此警報，倍道至南陽城，用誘敵計，殺敗自成。自成東走，沿路拋棄糧械。陝軍正愁凍餒，恣意拾取，無復紀律。不意賊眾又轉身殺來，一時措手不迭，當即奔潰。傳庭也禁喝不住，沒奈何回馬西走，馳入關中。自成聲勢大震，老回回、革里狼、左金王、爭世王、亂世王五營，統歸入自成，連營五百里，再屠南陽，進攻汝寧，總兵虎大威中炮身亡。保定總督楊文嶽，正走入汝寧，城陷被執，大罵自成。自成令縛至城南，作為炮的，幾聲轟發，可憐這文嶽身中受了無數彈子，洞胸糜骨，片刻而盡。兵備僉事王世琮，前厲斥賊，中矢貫耳，仍不為動，賊呼為王鐵耳，至是亦被執不屈，均遭殺害。知府傅汝為以下，一同殉難。河南郡縣，至此盡行殘破，朝廷不復設官。遺民各結寨自保，如洛陽李際遇，汝寧沈萬登，南陽劉洪起兄弟，自集民兵數萬，或受朝命，或通賊寨，甚或自相吞併，殘殺不已，中原禍亂，已達極點。張獻忠且乘隙東走，據亳州，破舒城，連陷廬州、含山、巢、廬江、無為、六安諸州縣，徑

第九十七回　決大河漂沒汴梁城　通內線恭進田妃鳥

向南京,下文再行交代。

且說清太宗雄據遼瀋,聞中原鼎沸,不可收拾,正好來作漁翁,實行收利。當下入攻錦州,環城列炮,搶割附近禾稼,作為軍糧。城中守兵出戰,統被擊退。薊、遼總督洪承疇,及巡撫邱民仰,調集王樸、唐通、曹變蛟、吳三桂、白廣恩、馬科、王廷臣、楊國柱八總兵,統兵十三萬赴援,到了松山,被清兵截擊,敗了一陣。最要緊的是輜重糧草,屯積塔山,也被清兵劫去。承疇部軍大潰,八總兵逃去六人,只有曹變蛟、王廷臣兩總兵,隨著洪、邱兩督撫,被困松山,相持數月,糧盡援絕,副將夏承德,竟將松山城獻了清軍,開門延敵。邱民仰自殺,曹變蛟等戰歿,承疇披擄,杏山、塔山一齊失守。懷宗聞警,不勝驚悼,且聞承疇已經死節,詔令設壇都城,賜承疇祭十六壇,民仰六壇,並命建立專祠,正擬親自臨奠,那關東傳來奏報,承疇竟叛降清廷,不禁流涕太息,愁悶了好幾日(松山戰事,詳見《清史演義》,故此特從略)。

兵部尚書陳新甲,以國內困敝,密奏懷宗,與清議和,懷宗頗也允從,囑令新甲縝密,切勿漏洩。何必如此。新甲遂遣職方郎中馬紹愉,齎書赴清營,與商和議。清太宗倒也優待,互議條款。紹愉當即密報新甲,新甲閱畢,置諸几上,竟忘檢藏,家僮誤為

190

塘報，付諸鈔傳，頓時盈廷聞知，相率大嘩。言官交劾新甲事，口舌相爭，實是可殺！懷宗以新甲違命，召入切責，新甲不服，反詡己功，遂忤了上意，下獄論死。清太宗以和議無成，攻入薊州，分道南向，河間以南多失守。至山東連下兗州等府，攻破八十八城，魯王以派，為太祖第十子檀六世孫，襲封兗州，被執自殺。清兵又回入京畿，都城大恐。

復由大學士周延儒，奉命督師，出駐通州。這延儒曾為溫體仁所排，回籍有年，此時何復入相（見九十五回）。原來體仁免官後，即用楊嗣昌為首輔，所有舊任閣臣，如張至發、孔貞運、黃士俊、傅冠、劉宇亮、薛國觀等，或免職，或得罪，另用程國祥、蔡國用、方逢年、范復粹及姚明恭、張四知、魏照乘、謝陞、陳演等一班人物，尤覺庸劣不堪，朝進暮退。懷宗復記及周延儒，可巧延儒正夤緣復職，私結內監，賄通寵妃，遂因此傳出內旨，召延儒重為輔臣。看官欲問寵妃為誰？就是小子九十回中敘及的田貴妃。田妃陝西人，后家揚州，父名弘遇，以女得貴，受職左都督。弘遇以商起家，素好佚遊，購蓄歌妓，恣情聲色，田妃生而纖妍，長尤秀慧，弘遇遂延藝師樂工，指授各技，一經肄習，無不心領神會。凡琴棋書畫，暨刺繡烹飪諸學，俱臻巧妙。尤善騎射，上馬挽弓，發必中的，確是個神仙儔侶，士女班頭。既入信邸，大受懷宗寵幸。如此好

第九十七回　決大河漂沒汴梁城　通內線恭進田妃鳥

女，我願鑄金拜之，無怪懷宗寵愛。懷宗即位，冊為禮妃，嗣進皇貴妃，每宴見時，不尚妝飾，尤覺得發如雲，美顏如玉，芳體如蘭，巧舌如簧，有時對帝鼓琴，有時伴帝奏笛，有時與帝弈棋，無不邀懷宗嘆賞。又嘗繪群芳圖進呈，彷彿如生，懷宗留供御覽，隨時賞玩。一日，隨懷宗校閱射場，特命她騎射，田妃應旨上馬，六轡如絲，再發並中。內侍連聲喝采，懷宗亦讚美不已，賞賚有加。

唯田妃既受殊遇，自炫色澤，免不得恃寵生驕，非但六宮妃嬪，看不上眼，就是正位中宮的周皇后，及位次相等的袁貴妃，亦未曾放入目中。這是婦女通病。如秀外慧中之田貴妃，猶蹈此習，令人嘆惜！周皇后素性嚴慎，見她容止驕盈，往往裁以禮法。一年，元日甚寒，田妃循例朝後，至坤寧宮廡下，停車候宣。等了半晌，並沒有人宣入，廡下朝風獵獵，幾吹得梨渦成凍，玉骨皆皴。周后亦未免懷妒，累此美人兒受寒。及密詢宮監，才知袁貴妃先已入朝，與后坐談甚歡，因將她冷擱廡下。至袁妃退出，方得奉召入見。后竟華服升座，受她拜謁，拜畢亦不與多言，令即退去，氣得田妃玉容失色，憤憤回宮。越日得見懷宗，即嗚嗚泣訴，經懷宗極力勸慰，意乃少解。

過了月餘，上林花髮，懷宗邀后妃賞花，大眾俱至，田妃見了周后，陡觸著前日恨

事，竟背轉嬌軀，佯若未見。周后瞧不過去，便走近上前，訴稱田妃無禮。懷宗亦佯若不聞，周后仍然絮述，反至懷宗惹惱，揮肱使退。懷宗頗有齎力，且因心中惱恨，揮手未免少重，周后立足不住，竟跌僕地上，宮人慌忙攙扶，走過了十二名，才將周后掖起。后泣道：「陛下不念為信王時，魏閹用事，日夜憂慮，只陛下與妾兩人，共嘗苦境，今日登九五，乃不念糟糠妾麼？妾死何難？但陛下未免寡恩。」言訖，徑返坤寧宮。越三日，懷宗召坤寧宮人，問后起居，宮人答言：「皇后三日不食。」懷宗為之惻然，即命內監持貂鬘賜后，傳諭慰解，且令田妃修省。后乃強起謝恩，勉為進餐。唯田妃寵眷，仍然未衰。周延儒得悉內情，遂向田妃處打通關節，託為周旋。懷宗因四方多事，夜幸西宮，亦常愁眉不展，田妃問長道短。由懷宗說入周延儒，遂旁為慫恿，即日傳旨召入延儒，仍為大學士。

懷宗非常敬禮，嘗於歲首受朝畢，下座揖延儒道：「朕以天下託先生。」言罷，復總揖諸閣臣。怎奈延儒庸駑無能，閣臣又只堪伴食，坐令中原塗炭，邊境喪師，馴至不可收拾。到了清兵入境，京都戒嚴，延儒也覺抱愧，自請視師。懷宗尚目為忠勤，比他為召虎裴度，並賜白金文綺上駟等物。延儒出駐通州，並不敢戰，唯日與幕友飲酒自娛，想學謝安石耶？一面偽報捷狀。懷宗信以為真，自然欣慰，進至西宮，與田妃敘歡。宮

第九十七回　決大河漂沒汴梁城　通內線恭進田妃舄

中后妃,要算田妃的蓮鉤,最為瘦削,如纖纖春筍一般。差不多隻有三寸。是日應該有事,懷宗瞧見田妃的繡舄,精巧異常,不由的將它舉起。但見繡舄上面,除精繡花鳥外,恰另有一行楷書,仔細一瞧,乃是「周延儒恭進」五字,也用金線繡成,頓時惱動了懷宗皇帝,面責田妃道:「你在宮中,何故交通外臣?真正不得了!不得了!」田妃忙叩頭謝罪,懷宗把袖一拂,掉頭徑去。後人有詩詠此事道:

花為容貌玉為床,白日承恩卸卻妝。
三寸繡鞋金縷織,延儒恭進字單行。

未知田貴妃曾否遭譴,且至下回再詳。

李自成灌決大河,汴梁陸沈,腹心已潰,明之亡可立足待矣。說者多歸咎高名衡,謂名衡自潰其防,坐令稽天巨浸,反資賊手。吾以為名衡固未嘗無咎,但罪有較大於名衡者,左良玉諸人是也。四鎮赴援,良玉先走,開封被圍日久,餉盡援窮,至於人自相食,名衡為決河計,亦出於萬不得已之策,其計固非,其心尚堪共諒。假使此策不用,城亦必為賊所陷。自成三攻乃下,必怒及兵民,大加屠戮,與其汗刃而死,何若溺水而死?且精華盡沒,免齎寇盜,不猶愈於被掠乎?唯懷宗用人不明,坐令塞帥庸相,喪師

194

失地，殊為可痛。至清兵入犯，復令一庸鄙齷齪之周延儒，出外督師，諱敗為勝，推原禍始，實啟寵妃。傳有之：「謀及婦人，宜其死也。」懷宗其難免是責乎？

第九十七回　決大河漂沒汴梁城　通內線恭進田妃鳥

第九十八回

擾秦楚闖王僣號　掠東西獻賊橫行

卻說田貴妃所著繡鞋，上有「周延儒恭進」五字，頓時惱動天顏，拂袖出去，即有旨譴謫田妃，令移居啟祥宮，三月不召。既而周后復侍帝賞花，袁妃亦至，獨少田妃。后請懷宗傳召，懷宗不應。后令小太監傳達懿旨，召使出見，田妃乃至。玉容憔悴，大遜曩時，后也為之心酸，和顏接待，並令侍宴。夜闌席散，后勸帝幸西宮，與田妃續歡，嗣是和好如初。可見周后尚持大度。唯田妃經此一挫，常鬱鬱不歡，且因所生皇五子慈煥，及皇六七子，均先後殤逝，尤覺悲不自勝，漸漸的形銷骨立，竟致不起。崇禎十五年七月病歿。懷宗適禱祀群望，求療妃疾，回宮以後，入視妃殮，不禁大慟。喪禮備極隆厚，且加諡為「恭淑端慧靜懷皇貴妃」。虧得早死二年，尚得此飾終令典，是美人薄命處，亦未始非徼福處。

第九十八回　擾秦楚闖王僭號　掠東西獻賊橫行

田妃有妹名淑英，姿容秀麗，與乃姊不相上下，妃在時曾召妹入宮，為帝所見，贈花一朵，今插髻上。及妃病重，亦以妹屬託懷宗。懷宗頗欲冊封，因亂勢愈熾，無心及此，只命賜珠簾等物，算作了事。國破後，淑英避難天津，珠簾尚在，尋為朝士某妾，這也不在話下。

且說周延儒出駐數月，清兵復退，延儒乃還京師。懷宗雖心存鄙薄，但因他卻敵歸朝，不得不厚加獎勵。嗣經錦衣衛掌事駱養性，盡發軍中虛詐情事，乃下旨切責，說他矇蔽推諉，應下部議。延儒亦席藁待罪，自請戍邊。懷宗怒意少解，仍不加苛求，許令馳驛歸田。還是田妃餘蔭。又罷去賀逢聖、張四知，用蔣德璟、黃景昉、吳甡為大學士，入閣辦事。

是時天變人異，不一而足，如日食、地震，太白晝現，熒惑逆行諸類，還算是尋常變象。最可怪的，是太原樂靜縣民李良雨，忽變為女，松江莫翁女已適人，忽化為男，密縣民婦生旱魃，河南草木，有戰鬥人馬及披甲持矛等怪狀。宣城出血，京師城門哭，聲如女子啼。炮空鳴，鬼夜號。蘄州有鬼，白日成陣，行牆屋上，挪揄居人，奉先殿上，鴟吻落地，變為一鬼，披髮出宮。沅州、銅仁連界處，掘出古碑，上有字二行云：

「東也流，西也流，流到天南有盡頭。張也敗，李也敗，敗出一個好世界。」又於五鳳樓前得一黃袱，內有小函，題詞有云：「天啟七，崇禎十七，還有福王一。」到了崇禎十六年正月，京營巡捕軍，夜宿棋盤街，方交二鼓，忽來一老人，囑咐巡卒道：「夜半子分，有婦人縞素泣涕，自西至東，慎勿令過！若過了此地，為禍不淺，雞鳴乃免。我係土神，故而相告。」言畢不見。

巡卒非常詫異，待至夜半，果見一婦人素服來前，當即出阻，不令前行，婦人乃返。至五鼓，巡卒睡熟，婦已趨過，折而東返，蹴之使醒，並與語道：「我乃喪門神，奉上帝命，降罰此方，你如何誤聽老人，在此阻我：現有大災，你當首受！」言訖自去。行只數武，也化氣而去。巡卒駭奔，歸告家人，言尚未終，僕地竟死。既有喪門神，奉天降罰，土地也不能阻撓。且土地囑咐巡卒，雖系巡卒自誤，也不至首受疫災，此事未能盡信。疫即大作，人鬼錯雜，每屆傍晚，人不敢行。商肆貿易，多得紙錢，京中方嘩擾未已，東南一帶，又迭來警報（李自成已陷承天，張獻忠又占武昌，闖、獻僭號，自此為始，故另筆提出）。小子唯有一枝禿筆，只好依次敘來。

自成連陷河南諸州縣，復走確山，向襄陽，並由汝寧擄得崇王由，令他沿路諭降。

第九十八回　擾秦楚闖王僭號　掠東西獻賊橫行

由系英宗第六子見澤六世孫，嗣封汝寧，自成把他執住，脅令投降。由似允非允，暫且敷衍度日。自成乃帶在軍間，轉趨荊、襄諸郡，迭陷荊州、襄陽，進逼承天。承天系明代湖廣省會，仁宗、宣宗兩皇陵，卜築於此。巡撫宋一鶴，鍾祥令蕭漢固守，相持數日。偏城中隱伏內奸，暗地裡開城納賊，副使張鳳翥，知府王璣、宋一鶴下城巷戰，將士勸一鶴出走，一鶴不聽，揮刀擊殺賊數人，身中數創而死，總兵錢中選等亦戰歿。唯蕭漢被執，幽禁寺中。自成素聞漢有賢聲，戒部眾休犯好官，並囑諸僧小心服侍，違令當屠。劇賊亦推重賢吏。漢自賊眾出寺，竟自經以殉。自成改承天府為揚武州，自號順天倡義大元帥，稱羅汝才為代天撫民德威大將軍，遂率眾犯仁宗陵。守陵巡按李振聲迎降，欽天監博士楊永裕，叩謁自成馬前，且請發掘皇陵。天良何在？忽聞陵中暴響，聲震山谷，彷彿似地動神號一般，自成恰也驚慌，飭令守護，不得擅掘。明代令闢，無逾仁宗，應該靈爽式憑。

先是自成毫無遠圖，所得城邑，一經焚掠，便即棄去。至用牛金星、李巖等言，也行點小仁小義，收買人心，且因河南、湖、廣，已為所有，得眾百萬，自以為無人與敵，儼然想稱孤道寡起來。牛金星獻策自成，請定都荊、襄，作為根本，自成甚以為然，遂改襄陽為襄京，修葺襄王舊殿，僭號新順王，創設官爵名號，置五營二十二將，

200

上相左輔右弼六政府，要地設防禦使，府設尹，州設牧，縣設令，降官降將，各授偽職。並封故崇王由為襄陽伯，嗣因由不肯從令，把他殺害。楊永裕且然勸進，牛金星以為時尚未可，乃始罷議。自成以革、左諸賊，比肩並起，恐他不服，遂用李巖計，佯請革里狼、左金王入宴，酒酣伏發，刺死兩人。兼併左、革部眾。又遭羅汝才攻鄖陽，日久未下，自成親率二十騎，夜赴汝才營，黎明入帳，汝才臥尚未起，自成即飭騎士動手，把汝才砍作數段，一軍皆嘩，七日始定。於是流寇十三家七十二營，降死殆盡，唯李自成、張勉忠二寇，歸然獨存，勢且益熾。

河南開州盜袁時中，最為後起，橫行三年，至是欲通款明廷，亦被自成分兵擊死。自成行軍，不許多帶輜重，隨掠隨食，飽即棄餘，饑且食人。所掠男子，令充兵役，所掠婦女，隨給兵士為妻妾。一兵備馬三四匹，冬時用褟褥裹蹄。割人腹為糟，每逢飼馬，往往將掠得人民，割肉取血，和芻為飼。馬已見慣，遇人輒鋸牙欲噬。臨陣必列馬三萬，名三堆牆，前列反顧，後列即將它殺死，戰久不勝，馬兵佯敗，誘敵來追。步卒猝起阻截，統用長槍利槊，擊刺如飛。騎兵回擊，無不大勝。自成所著堅甲，柔韌異常，矢鏃鉛丸，都不能入。有時單騎先行，百萬人齊跟馬後，遇有大川當前，即用土囊阻塞上流，呼風竟渡。攻城時更番椎鑿，挖去牆中土石，然後用柱縛繩，系入牆隙，再

第九十八回　擾秦楚闖王僭號　掠東西獻賊橫行

用百餘人猛力牽曳,牆輒應手坍倒,所以攻無不陷,如或望風即降,入城時概不殺戮;守一日,便殺死十分中的一二;守兩日,殺死加倍;三日以上,即要屠城,殺人數萬,聚屍為燎,叫做打亮。各種殘酷情狀,慘不忍聞。

自成有兄,從秦中來。數語未合,即將他殺死。唯生平納了數妻,不生一子,即以養子李雙喜為嗣。雙喜好殺,尤過自成,自成在襄陽,構殿鑄錢,皆不成,鑄洪基年錢,又不成,姑,數卜不吉。紫姑亦知天道耶?因立雙喜為太子,改名洪基,令術士問紫正在憤悶的時候,聞陝督孫傳庭督師出關,已至河南,他即盡簡精銳,馳往河南抵禦。

前鋒至洛陽。遇總兵牛成虎,與戰敗績,寶豐、唐縣,皆為官軍克復。自成忙率輕騎赴援,至郟縣,復被官軍擊敗。賊眾家眷,多在唐縣,自唐縣克復,流賊家口,殺戮無遺,賊因是慟哭痛恨,誓殲官軍。孫傳庭未免失計。會天雨道濘,傳庭營中,糧車不繼,自成復遣輕騎出汝州,要截官軍糧道。探馬報知傳庭,傳庭即遣總兵白廣恩,從間道迎糧,自成即率總兵高傑為後應,留總兵陳永福守營。永福兵亦爭發,勢不可禁,遂為賊眾所乘,敗退南陽。傳庭即還軍迎戰,賊陣五重,已由傳庭攻克三層,餘二重悉賊精銳,怒馬躍出,銳不可當。總兵白廣恩,引八千人先奔,高傑繼潰,傳庭亦支持不住,只好西奔。為這一走,被自成乘勝追擊,一日夜逾四百里,殺

死官軍四萬餘人，掠得兵器輜重，不計其數。傅庭奔河北，轉趨潼關，自成兵隨蹤而至。高傑入稟傅庭道：「我軍家屬，盡在關中，不如徑入西安，憑堅扼守。」傅庭道：「賊一入關，全秦糜爛，難道還可收拾麼？」遂決意閉關拒賊。已而自成突破瓶頸，廣恩戰敗，傅庭自登陣，督師力禦，不料自成遣姪李過，綽號一隻虎，從間道緣山登崖，繞出關後，夾攻官軍，官軍大潰。傅庭躍馬揮刀，衝入賊陣，殺賊數十名，與監軍副使喬遷高，同時死難。傅庭一死，明已無人。自成遂長驅入秦，陷華陰、渭南，破華商、臨潼，直入西安，據秦王宮，執秦王存樞，令為權將軍。存樞系太祖次子樉九世孫，嗣封西安，至是竟降自成，唯王妃劉氏不降，語自成道：「國破家亡，願求一死。」自成不欲加害，獨令存樞遣還母家。存樞無恥，何以對妻？巡撫馮師孔以下，死難十餘人。傅庭妻張氏在西安，獨令三妾二女，投井殉節。布政使陸之祺等皆降，總兵白廣恩、陳永福等亦降。永福曾射中自成目，踞山巔不下，經自成折箭為誓，乃降自成。自成屢陷名城，文武大吏，從未降賊，至此始有降布政，降總兵，唯高傑曾竊自成妻，獨走延安，此時邢氏若在，應有悔心。為李過所追，折向東去。自成復率兵西掠，乃詣米脂縣祭墓，改延安府為天保府，米脂為天保縣，唯鳳翔、榆林，招降不從，自成親攻鳳翔，數稱為西京。牛金星勸令不殺，因嚴禁殺掠，民間頗安。

第九十八回　擾秦楚闖王僭號　掠東西獻賊橫行

日被陷，下令屠城，轉攻榆林。兵備副使都任，督餉員外郎王家祿，裡居總兵汪世欽、尤世威、世祿等，集眾守陣，血戰七晝夜，婦人孺子，皆發屋瓦擊賊，賊死萬人，城陷後闔城捐軀，無一生降，忠烈稱最。賊復降寧夏，屠慶陽，韓王暨塥，系太祖第二十子松十世孫，襲封平涼，被賊擄去，副使段復興一門死節。賊復移攻蘭州，雪夜登城。巡撫林日瑞，總兵郭天吉等戰死，追陷西寧、甘肅，三邊皆沒。越年，自成居然僭號，國號順，改元永昌，以牛金星為丞相，改定尚書六府等官，差不多似一開國主了。

明總兵左良玉，因河南陷沒，無處存身，遂統帥部兵東下。張獻忠正擾亂東南，為南京總兵劉良佐、黃得功等所阻，未能得志。又聞良玉東來，恐為所蹙，即移眾泝江而上，迭陷黃梅、廣濟、蘄州、蘄水，轉入黃州，自稱西王。黃州副使樊維城，不屈被殺，官民盡潰，剩下老幼婦女，除挑選佳麗數名，入供淫樂外，餘俱殺死，棄屍填塹。復西破漢陽，直逼武昌，參將崔文榮，憑城戰守，頗有殺獲。武昌本楚王華奎襲封地，華奎系太祖第六子楨七世孫，前曾為宗人華越所訐，說系抱養楚宮，嗣因查無實據，仍得襲封（應七十九回）。華奎以賊氛日逼，增募新兵，為守禦計，那知新兵竟開城迎賊，城遂被陷。文榮陣亡，華奎受縛，沉江溺死。故大學士賀逢聖，罷相家居，與文榮等同籌守備，見城已失守，倉猝歸家，北向辭主，載家人至墩子湖，鑿舟自沉，妻危

204

氏，子觀明、光明，子婦曾氏、陳氏，孫三人，同溺湖中。逢聖屍沉百七十日，才得出葬，屍尚未腐，相傳為忠魂未泯云。歷述不遺，所以勸忠。獻忠盡戮楚宗，慘害居民，浮髻蔽江，脂血寸積；楚王舊儲金銀百餘萬，俱被賊眾劫去，輦載數百車，尚屬未盡。何不先行犒軍，免為內應？獻忠改武昌為天授府，江夏為上江縣，據楚王府，鑄西王印，也居然開科取士，選得三十人，使為進士，授郡縣官。

明廷以武昌失守，飛飭總兵左良玉，專剿獻忠。良玉召集總兵方國安、常安國等，水陸並進，夾攻武昌，獻忠出戰大敗，棄城西走。良玉遂復武昌，開府駐師。黃州、漢陽等郡縣，以次克復。獻忠率眾攻岳州，巡撫李乾德，總兵孔希貴等，三戰三勝，終以寡不敵眾，出走長沙。獻忠欲北渡洞庭湖，向神問卜，三次不吉，他竟投筊詬神，麾眾欲渡；忽然間狂風大作，巨浪掀天，湖中所泊巨舟，覆沒了百餘艘。何不待獻忠半渡，盡行覆沒，豈楚、蜀劫數未終，姑留此賊以有待耶？獻忠大怒，盡驅所掠婦女入舟，放起大火，連舟帶人，俱被焚毀，光延四十里，夜明如晝，獻忠方才洩忿，由陸路赴長沙。長沙系英宗第七子見浚故封，七世孫慈煃嗣爵，料知難守，與李乾德會商，開門夜走；並挈惠王常潤，同趨衡州，投依桂王常瀛。常潤、常瀛皆神宗子，常潤封荊州，為李自成所逐，奔避長沙。常瀛封衡州，見三人同至，自然迎入。偏賊眾又復馳至，桂王

第九十八回　擾秦楚闖王僭號　掠東西獻賊橫行

情急得很，忙與吉王、惠王等走永州。獻忠入衡州城，拆桂王宮殿材木，運至長沙，構造宮殿，且遣兵追擊三王。巡撫御史劉熙祚，令中軍護三王入廣西，自入永州死守。永州復有內奸，迎賊入城，熙祚被執，囚置永陽驛中。熙祚閉目絕食，自作絕命詞，題寫壁上，賊再三諭降，臨以白刃，熙祚大罵不已，遂為所害。獻忠又陷寶慶、常德，掘故督師楊嗣昌墓，梟屍見血。再攻辰州，為土兵堵住，不能行進，乃移攻道州。守備沈至緒，出城戰歿，女名雲英，涕泣誓師，再集敗眾，突入賊營。賊眾疑援軍驟至，倉皇駭散。雲英追殺甚眾，奪得父屍而還，州城獲全。事達明廷，擬令女襲父職，雲英辭去。後嫁崑山士人王聖開，種梅百本，階隱以終。也是一個奇女。獻忠復東犯江西，陷吉安、袁州、建昌、撫州諸府，及廣東南韶屬城，嗣因左良玉遣將馬士秀、馬進忠等，奪還岳州，進復袁州，遂無志東下，轉圖西略，竟將長沙王府，亦甘心棄去，挈數十萬眾，渡江過荊州，盡焚舟楫，竄入四川去了。獻忠志在偏隅，不及自成遠甚。

懷宗以中原糜爛，食不甘味，寢不安席，默溯所用將相，均不得人，乃另選吏部侍郎李建泰，副都御史方岳貢，以原官入直閣務。尋聞自成僭號，驚惶益甚，擬駕出親征，忽接得自成偽檄一道，其文云：

新順王李，詔明臣庶知悉！上帝監視，實唯求莫，下民歸往，只切來蘇。命既靡常，情尤可見。爾明朝久席泰寧，瀆弛綱紀，君非甚暗，孤立而煬蔽恆多；臣盡行私，比黨而公忠絕少。賂通宮府，朝端之威福日移；利擅宗神，閭左之脂膏殆盡。公侯皆食肉紈褲，而倚為腹心，宦官悉齕糠犬豕，而借其耳目。獄囚累累，徵斂重重，民有偕亡之恨。肆昊天孛窮乎仁愛，致兆民爱苦乎袄災。朕起布衣，目擊憔悴之形，身切痌瘝之痛，念茲普天率土，咸罹困窮，詎忍易水燕山，未甦湯火，躬於恆寰，綏靖黔黎。猶慮爾君若臣未達帝心，未喻朕意，是以質言正告，爾能體天念祖，度德審幾，朕將加惠前人，不吝異數。如杞如宋，享祀永延，用章爾之孝；有室有家，民人胥慶，用章爾之仁。唯今詔告，允布腹心，君其念哉！罔怨恫於宗公，勿眙危於臣庶。臣其慎哉！誼靡忒。凡茲百工，勉保乃闢，綿商孫之厚祿，廣嘉客之休聲，克殫厥猷，臣尚效忠於君父，廣貽谷於身家。檄到如律令！

懷宗閱罷，不禁流涕滂滂，嘆息不止。可巧山東僉事雷演祚入朝，訐奏山東總督范志完，縱兵淫掠，及故輔周延儒招權納賄等情，懷宗遂逮訊志完，下獄論死，並賜延儒自盡，籍沒家產。曉得遲了。一面集廷臣會議，欲親征決戰。忽有一大臣出奏道：「不勞皇上親征，臣當赴軍剿賊。」懷宗聞言，不禁大喜。正是：

207

第九十八回　擾秦楚闖王僭號　掠東西獻賊橫行

大陸已看成巨浸，庸材且自請專徵。

未知此人是誰，且看下回交代。

語曰：「不嗜殺人者能一之。」李闖為亂十餘年，忽盛忽衰，終不得一尺寸土，迨用牛金星、李巖等言，稍稍免殺，而從賊者遂日眾。可見豪傑舉事，總以得民心為要領，凶狡如李闖，且以稍行仁義，莫之能禦，況其上焉者乎？張獻忠則殘忍性成，橫行東西，無惡不作，卒至長江一帶，莫之過問，蜀中受其塗毒，至數百里無人煙，意者其劫數使然原無主，任其偏據一方，厥後竄入西蜀，尚得殘逞二三年。蓋由中歟？然國必自亡而後人亡之，闖、獻之亂，無非由明自取，觀李闖偽檄，中有陳述明弊數語，實中要肯，君子不以人廢言，讀之當為悵然！

第九十九回 周總兵寧武捐軀 明懷宗煤山殉國

卻說懷宗令群臣會議，意欲親征，偏有一大臣自請討賊。這人就是大學士李建泰。建泰籍隸曲沃，家本饒富，至是以國庫空虛，願出私財餉軍，督師西討。若非看至後文，幾似忠勇過人。懷宗喜甚，即溫言獎勉道：「卿若肯行，尚有何言？朕當仿古推轂禮，為卿一壯行色。」建泰叩謝，懷宗遂賜他尚方劍。越日，幸正陽門，親自祖餞，賜酒三卮。建泰拜飲訖，乘輿啟程，都城已乏健卒，只簡選了五百人，隨著前行。約行里許；猛聞得奉然一聲，輿槓忽斷，險些兒把建泰撲跌，建泰也吃了一驚，不祥之兆。乃易輿出都。忽由山西傳來警報，闖軍已入山西，連曲沃也被攻陷了。這一驚非同小可，方悔前日自請督師，殊太孟浪，且所有家產，勢必陷沒，為此百憂齊集，急成了一種怔忡病，勉勉強強的扶病就道，每日只行三十里。到了定興，吏民還閉城不納，經建泰督

209

第九十九回　周總兵寧武捐軀　明懷宗煤山殉國

軍攻破，笞責長吏，奏易各官，一住數日，復移節至保定。保定以西，已是流賊蔓延。沒有一片乾淨土，建泰也不敢再行，只在保定城中住著，專待賊眾自斃。完了。

懷宗以建泰出征，覆命少詹事魏藻德，及工部尚書范景文，禮部侍郎邱瑜，入閣輔政。景文頗有重名，至是亦無法可施。小人之使為國家，菑害並至，雖有善者，亦無如之何矣！懷宗虛心召問，景文亦唯把王道白話，對答了事。此時都外警耗，日必數十起，懷宗日夜披閱，甚至更籌三唱，尚齋黃封到閣。景文等亦坐以待旦，通宵不得安眠。一夕，懷宗倦甚，偶在案上假寐，夢見一人峨冠博帶，入宮進謁，且呈上片紙，紙上只書一「有」字，方欲詰問，忽然醒悟，凝視細想，終不識主何兆驗。次日與后妃等談及，大家無非貢諛，把大有富有的意義，解釋一遍。嗣復召問廷臣，所對與宮中略同。獨有一給事中上言道：「有字上面，大不成大，有字下面，明不成明，恐此夢多凶少吉。」可謂善於拆字。懷宗聞言，尚未看明何人，那山西、四川的警報，接連遞入，便將解夢的事情，略過一邊。當下批閱軍書，一是自成陷太原，執晉王求桂，巡撫蔡懋德以下，統同死節。一是獻忠陷重慶，殺瑞王常浩，巡撫陳士奇以下，統同遇害。懷宗閱一行，嘆一聲，及瞧完軍報，下淚不止。各大臣亦面面相覷，不發一言。懷宗顧語景

210

文道：「這都是朕的過失，卿可為朕擬詔罪己便了。」言已，掩面入內。景文等亦領旨出朝，即夕擬定罪己詔，呈入內廷，當即頒發出來。詔中有云：

朕嗣守鴻緒，十有七年，深念上帝陟降之威，祖宗付託之重，宵旦兢惕，周敢怠荒。乃者災害頻仍，流氛日熾，忘累世之豢養，肆廿載之凶殘，赦之益驕，撫而輒叛；甚至有受其煽惑，頓忘敵愾者。朕為民父母，不得而卵翼之，民為朕赤子，不得而懷保之，坐令秦、豫邱墟，江、楚腥穢，罪非朕躬，誰任其責？所以使民罹鋒鏑，陷水火，殲量以鑿，骸積成邱者，皆朕之過也。使民輸芻挽粟，居送行齎，加賦多無藝之徵，預徵有稱貸之苦者，又朕之過也。使民日月告凶，旱潦薦至，師旅所處，疫癘為殃，號冷風而絕命者，又朕之過也。使民室如懸磬，田卒汙萊，望煙火而凄聲，上干天地之和，下叢室家之怨者，又朕之過也。至於任大臣而不法，用小臣而不廉，言官首竄而議不清，武將驕懦而功不奏，皆由朕撫馭失道，誠感未孚，中夜以思，跼踏無地。朕自今痛加創艾，深省厥愆，要在惜人才以培元氣，守舊制以息煩囂。行不忍之政以收人心，蠲額外之科以養民力。至於罪廢諸臣，有公忠正直，廉潔幹才尚堪用者，不拘文武，吏兵二部，確核推用。草澤豪傑之士，有恢復一郡一邑者，分官世襲，功等開疆。即陷沒脅從之流，能捨逆反正，率眾來歸，許赦罪立功，能擒斬闖、獻，仍予封侯九賞。嗚呼！

第九十九回　周總兵寧武捐軀　明懷宗煤山殉國

忠君愛國，人有同心，雪恥除凶，誰無公憤？尚懷祖宗之厚澤，助成底定之太功，思免厥愆，歷告朕意。

這道諭旨，雖然剴切誠摯，怎奈大勢已去，無可挽回。張獻忠自荊州趨蜀，進陷夔州，官民望風逃遁。獨女官秦良玉馳援，兵寡敗歸，慷慨誓眾道：「我兄弟二人，均死王事，獨我一孱婦人，蒙國恩二十年，今不幸敗退，所有餘生，誓不降賊。今與部眾約！各守要害，賊至奮擊，否則立誅。」部眾唯唯遵令。所以獻忠據蜀，全國將帥，不及一秦良玉，我為愧死。四川巡撫陳士奇已謝事，留駐重慶，適石柱免災。子瑞王常浩，自漢中避難來奔，與士奇協定守禦。獻忠破涪州，入佛圖關，直抵重慶城下。城中守禦頗堅，賊穴地轟城，火發被陷。瑞王、士奇等皆被執，擄，泣告獻忠道：「寧殺我！無殺帝子！」獻忠怒他多言，竟殺瑞王，並殺顧景，亦為所士奇等。天忽無雲而雷，猛震三聲，賊或觸電頓死。帝闇有靈，何不殛死這賊？復大殺蜀中士人，屍如山積。後更攻入成都，殺死巡撫龍文光，及巡按御史劉之勃。蜀王至澍，系太祖第十一子椿九世孫，襲封成都，聞城已被陷，率妃妾同投井中，閹室被害。獻忠更屠戮人民，慘酷尤甚。男子無論老幼，一概開刀，所掠婦女，概令裸體供淫，且縱

212

兵士輪姦，姦畢殺死。見有小腳，便即割下，疊成山狀，名為蓮峰。隨命架火燒毀，名為點朝天燭。又大索全蜀紳士，一到便殺，末及一人，大呼道：「小人姓張，大王也姓張，奈何自殘同姓？」獻忠乃命停刑。原來獻忠好毀祠宇，獨不毀文昌宮，嘗謂：「文昌姓張，老子也姓張，應該聯宗。」且親制冊文，加封文昌。不知說的什麼笑話，可惜不傳。此次復開科取士，得張姓一人為狀元，才貌俱佳，獻忠很是寵愛，歷加賞賜，忽活命。獻忠復開科取士，得張姓一人為狀元，因傳聞此事，遂設詞嘗試。相傳張獻忠屠盡四川，真是確鑿不虛。語左右道：「我很愛這狀元，一刻舍他不得，不如殺死了他，免得記念。」遂將狀元斬首。復又懸榜試士，集士子數千人，一齊擊死。相傳張獻忠屠盡四川，真是確鑿不虛。或謂獻忠是天殺星下凡，這不過憑諸臆測罷了。

獻忠入蜀，自成亦入晉，破汾州、蒲州，乘勢攻太原。巡撫蔡懋德，與副總兵應時盛等，支持不住，與城俱亡。晉王求桂，系太祖第三子棡十世孫，嗣封太原，竟為所擄，後與秦王存樞，俱不知所終（秦王被擄事見前）。自成遂進陷黎晉、潞安，徑達代州，那時尚有一位見危致命，百戰死事的大忠臣，姓周名遇吉，官拜山西總兵，駐紮代州。他聞自成兵至，即振刷精神，登城力御，相持旬餘，擊傷闖眾千名。無如城中食盡，枵腹不能殺賊，沒奈何引軍出城，退守寧武關。自

第九十九回　周總兵寧武捐軀　明懷宗煤山殉國

成率眾蹴至，在關下耀武揚威，大呼五日不降，即要屠城。遇吉親發大砲，更番迭擊，轟斃賊眾萬人。自成大怒，但驅難民當砲，自率銳卒，伺隙猛攻。遇吉不忍再擊難民，卻想了一條計策，密令軍士埋伏門側，親率兵開關搦戰。賊眾一擁上前，爭來廝殺，鬥不上十餘合，遇吉佯敗，返奔入關，故意的欲閉關門。巧值賊眾前隊，追入關中，一聲號砲，伏兵殺出，與遇吉合兵掩擊，大殺一陣。賊眾情知中計，不免忙亂，急急退出關外，已傷亡了數千人。自成憤極，再欲督眾力攻，還是牛金星勸他暫忍，請築起長圍，為久困計。果然此計一行，城中坐斃。遇吉遣使四出，至宣、大各鎮，及近畿要害，統是觀望遷延，請飽增兵，偏偏懷宗又用了一班腐豎，如高起潛、杜勛等，分任監軍，捱住不發。懷宗至此尚用這班腐豎，反自謂非亡國之君，誰其信之？遇吉料城中力敝，也用不上十餘合，遇吉料難久持，只是活了一日，總須盡一日的心力，看看糧食將罄，還是死守不懈。自成知城中力敝，也用大砲攻城，城毀復完，約兩三次；到了四面圍攻，搶堵不及，才暈僕地上，倉猝中為賊所得，氣息尚存，還喃喃罵賊不已，遂致遇害。遇吉妻劉氏，率婦女登屋射賊，賊縱火焚屋，闔家具死。城中士民，無一降賊，盡被殺斃。

自成入寧武關，集眾會議道：「此去歷大同、陽和、宣府、居庸，俱有重兵，倘盡

如寧武，為之奈何？不如且還西安，再圖後舉。」牛金星、李巖等，亦躊躇未決，但勸他留住數日，再作計較。忽大同總兵姜瓖，及宣府總兵王承允，降表踵至，自成大喜，即督眾起行，長驅而東，京畿大震。左都御史李邦華，倡議遷都，且請太子慈烺，撫軍江南，疏入不報。大學士蔣德琼，與少詹事項煜，亦請命太子至江南督軍，李建泰又自保定疏請南遷，有旨謂：「國君死社稷，朕知死守，不知他往」等語。一面封寧遠總兵吳三桂、唐通，及湖廣總兵左良玉，江南總兵黃得功，均為伯爵，召令勤王。唐通率兵入衛，懷宗命與太監杜之秩，同守居庸關。又是一個太監。自成至大同，姜瓖即開門迎降，代王傳濟被殺。傳濟系太祖第十三子桂十世孫，世封大同。巡撫衛景瑗被執，自成脅降，景瑗以頭觸石，鮮血淋漓，賊亦嘆為忠臣，旋即自縊。闔門遇害。巡撫朱之馮登城誓眾，無一應者，乃南向叩頭，縊死城樓下。自成遂長驅至居庸關，太監杜之秩，首議迎降，唐通亦樂得附和，開關納賊。懷宗專任內監，結局如是。賊遂陷昌平，焚十二陵。總兵李守戰死，監軍高起潛遁去，督師李建泰降賊，賊遂直撲都城。都下三大營，或降或潰。

襄城伯李國楨飛步入宮，報知懷宗，懷宗即召太監曹化淳募兵守城，還要任用太監，可謂至死不悟。且令勳戚大璫，捐金助餉。嘉定伯周奎，系周皇后父，家資饒裕，

第九十九回　周總兵寧武捐軀　明懷宗煤山殉國

尚不肯輸捐，經太監徐高，奉命泣勸，僅輸萬金。國戚如此，尚復何言？太監王之心最富，由懷宗涕泣而諭，亦僅獻萬金，餘或千金、百金不等。唯太康伯張國紀，輸二萬金。懷宗又蒐括庫金二十萬，充作軍資，此時守城無一大將，統由太監主持。曹化淳又託詞乏餉，所有守陴兵民，每人只給百錢，還要自己造飯。大眾買飯為餐，沒一個不怨苦連天，哪個還肯盡力？城外炮聲連天，響徹宮禁，自成設座彰儀門外，降賊太監杜勛侍側，呼城上人，願入城見帝。曹化淳答道：「公欲入城，當縋下一人為質，請即縋城上來。」杜勛朗聲道：「我是杜勛，怕什麼禍祟，何必用質？」降賊有如此威勢，試問誰縱使至此？化淳即將他縋上，密語了好多時。無非約降。諸內臣請將勛拘住，勛笑道：「有成勢大，皇上應自為計，懷宗叱令退去。還不殺他。勛語守閽王則堯、褚憲秦、晉二王為質，我若不返，二王亦必不免了。」乃縱使復出。曹化淳一意獻城，令守卒用空炮向外，虛發硝煙，尚揮手令賊退遠，然後發炮。就中只有內監王承恩，所守數堵，尚用鉛彈實炮，擊死賊眾數千人。兵部尚書張縉彥，幾次巡視，都被化淳阻住，轉馳至宮門，意欲面奏情形，又為內侍所阻。內外俱是叛閹，懷宗安得不死？懷宗還是未悟，尚且手詔親征，並召駙馬都尉鞏永固入內，令以家丁護太子南行。

216

也是遲了。永固泣奏道：「親臣不得藏甲，臣那得有家丁。」懷宗麾使退去。再召王承恩入問，忽見承恩趨入道：「曹化淳已開彰義門迎賊入都了。」懷宗大驚，急命承恩迅召閣臣。承恩甫出，又有一閹人報導：「內城已陷，皇上宜速行！」懷宗驚問道：「大營兵何在？」李國楨何往？」那人答道：「營兵已散，李國楨不知去向。」說至「向」字，已三腳兩步，跑了出去。待承恩轉來，亦報稱閣臣散值。是時夜色已闌，懷宗即與王承恩步至南宮，上登煤山，望見烽火燭天，不禁嘆息道：「苦我百姓！」言下黯然。徘徊逾時，乃返乾清宮，親持硃筆寫著：「成國公朱純臣，提督內外諸軍事，夾輔東宮。」寫畢，即命內侍賫送內閣。其實內閣中已無一人，內侍只將硃諭置諸案上，匆匆自去。懷宗又命召周后、袁貴妃，及太子永王、定王入宮，這三子俱系周后所出；第四子名慈炤，皇太子，次名慈焴，三名慈炯，封定王，原來懷宗生有七子，長名慈瓃，已立為封永王，五名慈煥，早殤，俱系田貴妃所出，還有第六第七兩子，亦產自田妃，甫生即逝（百忙中偏要細敘，此為詳人所略之筆，即如前時所述諸王，亦必表明世系，亦是此意）。此時尚存三子，奉召入宮。周后、袁貴妃亦至，懷宗囑咐三子，寥寥數語，即命內侍分送三人，往周、田二外戚家。周后拊太子、二王，淒聲泣別，懷宗泣語周后道：「爾為國母，理應殉國。」后乃頓首道：「妾侍陛下十有八年，未蒙陛下聽妾一言，致有

217

第九十九回　周總兵寧武捐軀　明懷宗煤山殉國

今日，今陛下命妾死，妾何敢不死？」語畢乃起，解帶自縊。懷宗又命袁貴妃道：「你也可隨后去罷！」貴妃亦叩頭泣別，自去尋死。懷宗又召長公主到來，公主年甫十五，不勝悲慟。懷宗亦流淚與語道：「你何故降生我家？」言已，用左手掩面，右手拔刀出鞘，砍傷公主左臂，公主暈絕地上。袁貴妃自縊復甦，又由懷宗刃傷左肩，並砍死妃嬪數人。乃諭王承恩道：「你快去取酒來！」承恩攜酒以進，懷宗命他對飲，連盡數觥，遂易靴出中南門，手持三眼槍，偕承恩等十數人，往成國公朱純臣第，閽人閉門不納，懷宗長嘆數聲，轉至安定門，門堅不可啟。仰視天色熹微，亟回御前殿，鳴鐘召百官，並沒有一人到來。乃返入南宮，猛記起懿安皇后，尚居慈慶宮，遂諭內侍道：「你去請張娘娘自裁，勿壞我皇祖爺體面。」內侍領旨去訖，未幾返報，張娘娘已歸天了。懷宗平時，頗敬禮張后，每屆元旦，必衣冠朝謁。后隔簾答以兩拜，至是亦投繯自盡。或謂懿安后青衣蒙頭，徒步投成國公第，殊不足信。懷宗復嚙了指血，自書遺詔，藏入衣襟，然後再上煤山，至壽皇亭自經，年只三十五歲。太監王承恩，與帝對縊，時為崇禎十七年甲申三月十九日（特書以志明亡）。

李自成氈笠縹衣，乘烏駿馬，入承天門，偽丞相牛金星、尚書宋企郊等，騎馬後隨。自成彎弓指門，語牛、宋兩人道：「我若射中天字，必得一統。」當下張弓注射，一

箭射去，偏在天字下面插住，自成不禁愕然。金星忙道：「中天字下，當中分天下。」自成乃喜，投弓而入，登皇極殿，大索帝后不得。至次日，始有人報帝屍所在，乃令舁至東華門，但見帝披髮覆面，身著藍袍，跣左足，右朱履，襟中留有遺詔，指血模糊，約略可辨。語云：：

朕涼德藐躬，上干天咎，致逆賊直逼京師，此皆諸臣誤朕，朕死無面目見祖宗於地下。自去冠冕，以髮覆面，任賊分裂朕屍，毋傷百姓一人。

自成又索后屍，經群賊從宮中舁出，后身著朝服，周身用線密縫，容色如生，遂由自成偽命，斂用柳棺，覆以蓬廠，尋移殯昌平州，州民釀錢募夫，合葬田貴妃墓。先是禁城已陷，宮中大亂，尚衣監何新入宮，見長公主僕地，亟與費宮人救醒公主，背負而出。袁貴妃氣尚未絕，亦另由內侍等救去。宮人魏氏大呼道：「賊入大內，我輩宜早為計。」遂躍入御河。從死的宮人，約有二百名。唯費宮人年方十六，德容莊麗，獨先與公主易服，匿貣井中，至闖賊入宮，四覓宮娥，從貣井中鉤出費氏，擁見自成。費宮人道：「我乃長公主，汝輩不得無禮。」自成見她美豔，意欲納為妃妾，乃問及宮監。費宮人又道：「我實天潢貴冑，不可苟言非公主，乃賜愛將羅某。羅大喜，攜費出宮，

第九十九回　周總兵寧武捐軀　明懷宗煤山殉國

合，汝能祭先帝，從容盡所請，於是行合巹禮。眾賊畢賀，羅醉酣始入，費宮人又置酒飲羅，連奉數巨觥，羅益心喜，便語費道：「我得汝，願亦足了。但欲草疏謝王，苦不能文，如何是好？」費宮人道：「這有何難，我能代為，汝且先寢！」羅已大醉，歡然就臥。費乃命侍女出房，挑燈獨坐，待夜闌人寂，靜悄悄的走至榻前，聽得鼾聲如雷，便從懷中取出匕首，捲起翠袖，用盡平生氣力，將匕首刺入羅喉。羅頸血直噴，三躍三僕，方才殞命。讀至此，稍覺令人一快。費氏自語道：「我一女子，殺一賊帥，也算不徒死了。」遂把匕首向頸中一橫，也即死節。小子有詩詠費宮人道：

　　裙釵隊裡出英雄，仗劍梟仇濺血紅。
　　主殉國家兒殉主，千秋忠烈仰明宮。

還有一段明亡的殘局，請看官再閱下回。

懷宗在位十七年，喪亂累累，幾無一日安枕，而卒不免於亡。觀其下詔罪己，聞者不感，飛檄勤王，徵者未赴，甚至后妃自盡，子女淪胥，嚙血書詔，披髮投繯，何其慘也？說者謂懷宗求治太急，所用非人，是固然矣。吾謂其生平大誤，尤在於寵任閹黨，

220

各鎮將帥，必令閹人監軍，屢次失敗，猶未之悟。至三邊盡沒，仍用閹豎出守要區，寧武一役，第得一忠臣周遇吉，外此無聞焉。極之賊逼都下，尚聽閹人主張，勛戚大臣，皆不得預。教猱升木，誰之過歟？我讀此回，為懷宗悲，尤不能不為懷宗責。臣誤君，君亦誤臣，何懷宗之至死不悟也？

第九十九回　周總兵寧武捐軀　明懷宗煤山殉國

第一百回　乞外援清軍定亂　覆半壁明史收場

卻說費宮人刺死羅賊，便即自刎，賊眾排闥入視，見二人統已氣絕，飛報自成。自成亦驚嘆不置，命即收葬。太子至周奎家，奎閉門不納，由太監獻與自成，自成封太子為宋王。既而永、定二王，亦為自成所得，均未加害。當時外臣殉難，敘不勝敘，最著名的是大學士范景文，戶部尚書倪元潞，左都御史李邦華，兵部右侍郎王家彥，刑部右侍郎孟兆祥，左副都御史施邦曜，大理寺卿凌義渠，太常少卿吳麟徵，右庶子周鳳翔，左諭德馬世奇，左中允劉理順，太僕寺丞申佳允，給事中吳甘來，御史王章、陳良謨、陳純德、趙，兵部郎中成德，郎中周之茂，吏部員外郎許直，兵部員外郎金鉉等，或自刎，或自經，或投井亡身，或闔室俱盡。勳戚中有宣城伯衛時春，惠安伯張慶臻，新城侯王國興，新樂侯劉文炳，駙馬都尉鞏永固，皆同日死難。襄城伯李國

第一百回　乞外援清軍定亂　覆半壁明史收場

槨，往哭梓宮，為賊眾所拘，入見自成，自成令降，國楨道：「欲我降順，須依我三件大事。」自成道：「你且說來！」國楨道：「第一件是祖宗陵寢，不應發掘；第二件是須用帝禮，改葬先皇；第三件是不宜害太子及永、定二王。」自成道：「這有何難？當一一照辦！」遂命用天子禮，改葬懷宗。國楨素服往祭，大慟一場，即自經死。還有一賣菜傭，叫做湯之瓊，見梓宮經過，悲不自勝，觸石而死。江南有一樵夫，自號「髯樵」，亦投水殉難。又有一乞兒，自縊城樓，無姓氏可考。正是忠臣死節，烈士殉名，樵丐亦足千秋，巾幗同昭萬古，有明一代的太祖太宗，如有靈爽，也庶可少慰了。插此轉筆，聊為明史生光。統計有明一代，自洪武元年起，至崇禎十七年止，凡十六主，歷十二世，共二百七十七年（結束全朝）。

李自成既據京師，入居大內，成國公朱純臣，大學士魏藻德、陳演等，居然反面事仇，帶領百官入賀，上表勸進。文中有「比堯、舜而多武功，邁湯、武而無慚德」等語。無恥若此，令人髮指。自成還無暇登極，先把朱純臣、魏藻德、陳演諸人，拘繫起來，交付賊將劉宗敏營，極刑蝦掠，追脅獻金。就是皇親周奎，及豪閹王之心各家，俱遣賊查抄。周奎家抄出現銀五十二萬，珍幣也值數十萬，王之心家抄出現銀十五萬，金

寶器玩，亦值數十萬。各降臣傾家蕩產，還是未滿賊意，仍用嚴刑拷逼，甚至灼肉折脛，備極慘酷，那時求死不遑，求生不得，嗟無及了，悔已遲了。賣國賊聽者！未幾自成稱帝，即位武英殿，甫升座，但見白衣人立在座前，長約數丈，作欲擊狀，座下製設的龍爪，亦躍躍欲動，不禁毛骨俱悚，立即下座。又命鑄永昌錢，字不成文，鑄九璽又不成，弄得形神沮喪，不知所措，唯日在宮中淫樂，聊解愁悶。

一夕，正在歡宴，忽有賊將入報導：「明總兵平西伯吳三桂，抗命不從，將統兵來奪京師了。」自成驚起道：「我已令他父吳襄，作書招降，聞他已經允諾，為什麼今日變卦呢？」來將四顧席上，見有一個美人兒，斜坐自成左側，不禁失聲道：「聞他是為一個愛姬。」自成會意，便截住道：「他既不肯投順，我自去親征罷！」來將退出，自成恰與諸美人，行樂一宵。次日，即調集賊眾十餘萬，並帶著吳三桂父吳襄，往山海關去了。

看官聽著！這吳三桂前時入朝，曾向田皇親家，取得一個歌姬，叫做陳沅，小字圓圓，色藝無雙，大得三桂寵愛。嗣因三桂仍出鎮邊，不便攜帶愛妾，就在家中留著。至自成入都，執住吳襄，令他招降三桂，又把陳圓圓劫去，列為妃妾，實地受用。三桂得

第一百回　乞外援清軍定亂　覆半壁明史收場

　　了父書，擬即來降，啟程至灤州，才聞圓圓被擄，怒從心上起，惡向膽邊生，當即馳回山海關，整軍待敵。可巧清太宗病殂，立太子福臨為嗣主，改元順治，命親王多爾袞攝政，並率大軍經略中原。這時清軍將到關外，闖軍又逼關中，怎你吳三桂如何能耐，也當不住內外強敵。三桂舍不掉愛姬，索性一不做，二不休，便遣使至清營求援。為一美人，甘引異族，歃血為盟，同討逆賊。多爾袞得此機會，自然照允，當下馳至關前，與三桂相見，歃血為盟，這便叫做倒行逆施。闖將唐通、白廣恩，正繞出關外，來襲山海關，被清軍一陣截擊，逃得無影無蹤。多爾袞又令三桂為前驅，自率清軍為後應，與自成在關內交鋒。自成兵多，圍住三桂，霎時間大風颳起，塵石飛揚，清軍乘勢殺入，嚇得闖軍倒退，溝水盡赤。自成狂叫道：「滿洲軍到了！滿洲軍到了！」頓時策馬返奔，賊眾大潰，殺傷無算。三桂窮追自成，到了永平，自成將吳襄家屬，盡行殺死，又走還京師。怎禁得三桂一股銳氣，引導清軍，直薄京師城下。自成料知難敵，令將所得金銀，熔鑄成餅，每餅千金，約數萬餅，用騾車裝載，遣兵先發，乃放起一把無名火來，焚去宮闕，自率賊眾數十萬，挾太子及二王西走。臨行時，復勒索諸闖藏金，金已獻出，令群賊一一杖逐。闖黨號泣徒跣，敗血流面，一半像人，一半像鬼。不若，處以此罰，尚嫌太輕。那時京師已無人把守，即由三桂奉著大清攝政王整轡入

城。三桂進了都門，別事都無暇過問，只尋那愛姬陳圓圓。一時找不著美人兒，復趕出西門，去追自成。闖軍已經去遠，倉卒間追趕不上，偏偏京使到來，召他回都，三桂無奈，只好馳回。沿途見告示四貼，統是新朝安民的曉諭，他也無心顧及，但記念這圓圓姑娘，一步懶一步，挨入都中，覆命后返居故第，仍四處探聽圓圓消息。忽有一小民送入麗姝，由三桂瞧著，正是那日夕思念的心上人，合浦珠還，喜從天降，還管他什麼從賊不從賊，當下重賞小民，挈圓圓入居上房，把酒談心，特別恩愛，自不消說。唯此時逆闖已去，圓圓如何還留？聞說由圓圓計騙自成，只說是留住自己，可止追兵。自成信以為真，因將她留下。這是前緣未絕，破鏡重圓，吳三桂尚饒豔福，清朝順治皇帝，也應該入主中原，所以有此尤物呢。冥冥中固有天意，但實由三桂一人造成。清攝政王多爾袞，既下諭安民，復為明故帝后發喪，再行改葬，建設陵殿，悉如舊制。袁貴妃未幾病歿，長公主曾許字周世顯，尋由清順治帝詔賜合婚，踰年去世。獨太子及永定二王，始終不知下落，想是被闖賊害死了（結過懷宗子女）。京畿百姓，以清軍秋毫無犯，與闖賊迥不相同，大眾爭先投附，交相稱頌。於是明室皇圖，平白地送與滿清。清順治帝年方七齡，竟由多爾袞迎他入關，四平八穩，據了御座，除封賞滿族功臣外，特封吳三桂為平西王，敕賜冊

第一百回　乞外援清軍定亂　覆半壁明史收場

印。還有前時降清的漢員，如孔有德、耿仲明、尚可喜、洪承疇等，各封王拜相，爵位有差。

清廷遂進軍討李自成，自成已竄至西安，屯兵潼關。清靖遠大將軍阿濟格、定國大將軍多鐸，分率吳三桂、孔有德諸人，兩路夾攻，殺得自成投無路，東奔西竄，及遁至武昌，賊眾散盡，只剩數十騎入九宮山，村民料是大盜，一哄而起，你用鋤，我用耜，斫死了獨眼龍李自成，並獲住賊叔及妻妾，及死黨牛金星、劉宗敏等，送與地方官長，一併處死。李巖已為牛金星所譖，早已被自成殺死，不在話下。紅娘子未知尚在否？自成已斃，清廷又命肅親王豪格，偕吳三桂西徇四川，張獻忠正在西充屠城，麾眾出戰，也不值清軍一掃。獻忠正要西走，被清將雅布蘭，一箭中額，翻落馬下。清軍踴躍隨上，一陣亂刀，剁為肉漿。闖、獻兩賊，俱惡貫滿盈，所以收拾得如此容易。

河北一帶，統為清有，獨江南半壁，恰擁戴一個福王由崧。由崧為福王常洵長子，自河南出走（見九十六回），避難南下。潞王常淓，亦自衛輝出奔，與由崧同至淮安。鳳陽總督馬士英，聯結高傑、劉澤清、黃得功、劉良佐四總兵，擁戴由崧，擬立為帝。南京兵部尚書史可法，秉性忠誠，獨言福王昏庸，不如迎立潞王。偏這馬士英意圖擅

權，正想利用這昏庸福王，借他做個傀儡，遂仗著四總兵聲勢，護送福王至儀真，列營江北，氣焰逼人。可法、高弘圖、姜曰廣、王鐸為大學士，馬士英仍督鳳陽，兼東閣大學士銜。這諭甫下，士英大嘩，他心中本思入相，偏仍令在外督師，大違初願，遂令高傑等疏促可法誓師，自己擁兵入覲，拜表即行。既入南京，便與可法齟齬，可法乃自請督師，出鎮淮揚，總轄四總兵。當令劉澤清轄淮海，駐淮北，經理山東一路；高傑轄淮泗，駐泗水，經理開歸一路；劉良佐轄鳳壽，駐臨淮，經理陳杞一路；黃得功轄滁和，駐廬州，經理光固一路，號稱四鎮。分地設汛，本是最好的布置，怎奈四總兵均不相容，彼此聞揚州佳麗，都思駐紮，頓時爭奪起來。還是可法馳往勸解，才各歸汛地。未曾遇敵，先自忿爭，不亡何待？可法乃開府揚州，屢上書請經略中原。弘光帝獨信任馬士英，一切外政，置諸不理。士英本是魏閹餘黨，魏閹得勢時，非常巴結魏閹，到魏閹失勢，他卻極力糾彈，做一個清脫朋友。至柄政江南，又欲引用私親舊黨，作為爪牙。會大學士高弘圖等，擬追謚故帝尊號，士英與弘圖不合，遂運動忻城伯趙之龍，上疏糾駁，略言：「思非美謚，弘圖敢毀先帝，有失臣誼。」乃改「思」為「毅」。先是崇禎帝殉國，都中人士，私謚為懷宗，小子上文敘述，因均以懷宗相稱，至清廷命為改葬，加謚

第一百回　乞外援清軍定亂　覆半壁明史收場

為莊烈愍皇帝，所以後人稱崇禎帝，既稱懷宗，亦稱思宗、毅宗，或稱為莊烈帝，這也不必細表。

且說馬士英既反對弘圖等人，遂推薦舊黨阮大鋮。他本有些口才，文字亦過得去，遂蒙弘光帝嘉獎，賜覆光祿寺卿原官。痛詆前時東林黨人。大學士姜曰廣，侍郎呂大器等，俱言大鋮為逆案巨魁，萬難復用，疏入不報。士英又引用越其傑、田卿、楊文驄等，不是私親，便是舊黨，呂大器上書彈劾，大為士英所恨，遂陰召劉澤清入朝，面劾大器，弘光帝竟將大器黜逐。適左良玉駐守武昌，擁兵頗眾，聞士英斥正用邪，很以為非，即令巡按御史黃澍，入賀申謝，並偵察南都動素來聯繫，士英欲倚為封鎖，請旨晉封良玉為寧南侯。良玉與東林黨人靜。澍陛見時，面數士英奸貪，罪當論死。士英頗懼，潛賂福邸舊閹田成、張執中等，替他洗刷，一面佯乞退休。弘光帝溫諭慰留，且令澍速還湖廣。澍去後，詔奪澍官，且飭使逮問。良玉留澍不遣，且整兵待釁。

弘光帝是個糊塗蟲，專在酒色上用功，暗令內使四出，挑選淑女。內使仗著威勢，替他洗刷，一面佯乞退休。弘光帝溫諭慰留，且令澍速還湖廣。澍去後，詔奪澍官，且飭見有姿色的女子，即用黃紙貼額，牽扯入宮。居然用強盜手段。弘光帝恣情取樂，多多

230

益善。且命太醫鄭三山，廣羅春方媚藥，如黃雀腦、蟾酥等，一時漲價。阮大鋮又獨出心裁，編成一部《燕子箋》，用烏絲闌繕寫，獻入宮中，作為演劇的歌曲。復採集梨園弟子，入宮演習。弘光帝晝看戲，夜賞花，端的是春光融融，其樂無極。樂極恐要生悲，奈何？劉宗周在籍起用，命為左都御史，再三諫諍，毫不見從。姜曰廣、高弘圖等，為了一個阮大鋮，不知費了多少唇舌，偏弘光帝特別加寵，竟升任大鋮為兵部侍郎，巡閱江防。日廣、弘圖，及劉宗周等，不安於位，相繼引退。士英且再翻逆案，重頒三朝要典，一意的斥逐正人，矇蔽宮廷。史可法痛陳時弊，連上數十本章疏，都是石沉大海，杳無複音。清攝政王多爾袞聞可法賢名，作書招降，可法答書不屈，但請遣兵部侍郎左懋第等，赴北議和。此時中原大勢，清得七八，哪肯再允和議？當將懋第拘住，脅令歸降。懋第也是個故明忠臣，矢志不貳，寧死毋降，卒為所害。

清豫王多鐸，遂率師渡河，來奪南都，史可法飛檄各鎮，會師防禦。各鎮多擁兵觀望，只高傑進兵徐州，沿河設戍，並約睢州總兵許定國，互相聯繫，作為犄角。不意定國已納款清軍，反誘高傑至營，設宴接風，召妓侑酒，灌得高傑爛醉如泥，一刀兒將他殺死，翻天鷂做了枉死鬼，但未知邢氏如何？定國即赴清營報功。清軍進拔徐州，直抵宿遷，劉澤清遁去。可法飛書告急，南都反促可法入援。原來寧南侯左良玉，以入清

第一百回　乞外援清軍定亂　覆半壁明史收場

君側為名，從九江入犯，列舟三百餘里。士英大恐，因檄令可法入衛。可法只好奉命南旋，方渡江抵燕子磯，又接南都諭旨，以黃得功已破良玉軍，良玉病死，令他速回淮揚。可法忙返揚州，尚擬出援淮泗，清兵已從天長、六合，長驅而來。那時揚州城內的兵民，已多逃竄，各鎮兵無一來援，只總兵劉肇基，從白洋河赴急，所部只四百人。至清軍薄城，總兵李棲鳳，監軍副使高岐鳳，本駐營城外，不戰先降，單剩了一座空城，由可法及肇基，死守數日，餉械不繼，竟被攻入。肇基巷戰身亡，可法自刎不死，被一參將擁出小東門。可法大呼道：「我是史督師！」道言未絕，已為清兵所害，戎馬蹂躪，屍骸腐變。直至次年，家人用袍笏招魂，葬揚州城外的梅花嶺，明史上說他是文天祥後身，是真是偽，不敢臆斷。南都殉難，以史公為最烈。

唯揚州已下，南都那裡還保得住？清兵屠了揚州，下令渡江，總兵鄭鴻逵、鄭彩守瓜州，副使楊文驄駐金山，聞清兵到來，只把砲彈亂放，清兵故意不進，等到夜深天黑，恰從上流潛渡。楊、鄭諸位軍官，到了天明，方知清兵一齊渡江，不敢再戰，一鬨兒逃走去了。警報飛達南京，弘光帝還擁著美人，飲酒取樂，一聞這般急耗，方收拾行李，挈著愛妃，自通濟門出走，直奔蕪湖。馬士英、阮大鋮等，也一併逃去。忻城伯趙之龍，與大學士王鐸等，遂大開城門，恭迎清軍。清豫王多鐸，馳入南都，因是馬到即

降,特別加恩,禁止殺掠。休息一天,即進兵追弘光帝,明總兵劉良佐,望風迎降。是時江南四鎮,只剩了一個黃得功,他前曾奉命攻左良玉,良玉走死,乃還屯蕪湖。會值弘光帝奔到,不得已出營迎駕,勉效死力。隔了一日,清兵已經追到,得功督率舟師,渡江迎戰,正在彼此鏖鬥的時候,忽見劉良佐立刻岸上,大呼道:「黃將軍何不早降?」得功不禁大憤,厲聲答道:「汝為明將,乃甘心降敵麼?」正說著,突有一箭飛來,適中喉間左偏,鮮血直噴,得功痛極,料不可支,竟拔箭刺吭,倒斃舟中。史公以外,要推黃得功。總兵田雄,見得功已死,起了壞心,一手把弘光帝挾住,復令兵士縛住弘光愛妃,與愛妃同解燕京,眼見得犧牲生命,長辭人世。江南一帶,悉屬清朝,遂改應天府為江寧府。大明一代,才算得真亡了。點醒眉目,作為一代的結局。

後來潞王常淓流寓杭州,稱為監國,不到數月,清兵到來,無法可施,開門請降。故明左都御史劉宗周,絕粒死節。魯王以海,自山東航海避難,轉徙台州,由故臣張國維等,迎居紹興,亦稱監國,才歷一年,紹興為清兵所陷,以海遁入海中,走死金門。唐王聿鍵,前因勤王得罪,幽居鳳陽,南都稱帝,將他釋放,他流離至閩,由鄭芝龍、

第一百回　乞外援清軍定亂　覆半壁明史收場

黃道周擁立為帝，改元隆武。明賊臣馬士英、阮大鋮二人，私降清軍，匯入仙霞關，唐王被擄，自盡福州。馬、阮兩賊，也被清軍殺死。馬、阮之死，亦特別提明，為閱者雪憤。唐王弟聿，遁至廣州，由故臣蘇觀生等，尊他為帝，改年紹武，甫及一月，清軍入境，聿又被擄，解帶自經。桂王由榔，系神宗子常瀛次子，常瀛流徙廣西，寓居梧州，南都已破，在籍尚書陳子壯等，奉他監國，未幾病歿，子由榔曾封永明王，至是沿稱監國，尋稱帝於肇慶府，改元永曆。這永曆帝與清兵相持，迭經苦難，自清順治三年起，直熬到順治十六年，方弄得寸土俱無，投奔緬甸。居緬兩年，由清降將平西王吳三桂，用了兵力，硬迫緬人獻出永曆帝，把他處死。明室宗支，到此始盡。外如故明遺臣，迭起迭敗，不可勝記，最著名的是鄭芝龍子鄭成功，芝龍自唐王敗歿，降了清朝，獨成功不從，航海募兵，初奉隆武正朔，繼奉永曆正朔，奪了荷蘭人所占的台灣島，作為根據，傳了兩世，才被清軍蕩平。小子前編《清史通俗演義》，把崇禎以後的事情，一一敘及。清史出版有年，想看官早已閱過，所以本回敘述弘光帝，及魯、唐、桂三王事，統不過略表大綱，作為《明史演義》的殘局。百回已盡，筆禿墨乾，但記得明末時代卻有好幾首吊亡詩悽楚嗚咽，有巫峽啼猿的情景，小子不忍割愛，雜錄於後，以殿卷末。

詩曰：

盈廷拋舊去迎新，萬里皇圖半夕論。
二百餘年明社稷，一齊收拾是閹人。
畫樓高處故侯家，誰種青門五色瓜？
春滿園林人不見，東風吹落故宮花。
風動空江羯鼓催，降旗飄颭鳳城開。
將軍戰死君王繫，薄命紅顏馬上來。
詞客哀吟石子岡，鷓鴣清怨月如霜。
西宮舊事餘殘夢，南內新詞總斷腸。

本回舉三桂乞援，清軍入關，闖、獻斃命，南都興廢，以及魯、唐、桂三王殘局，統行包括，計不過五千餘字，得毋嫌其略歟？曰非略也。觀作者自道之言，謂已於《清史演義》中一一敘明，此書無庸複述。吾謂即無清史之演成，就明論明，亦應如是而止，不必特別加詳也。蓋明史盡於懷宗，《明史演義》即應以懷宗殉國為止，後事皆與清史相關，當列諸清史中以分界限。不過南都半壁，猶可為明室偏安之資，假令弘光帝勵精圖治，任賢去邪，則即不能規復中原，尚可援東晉、南宋之例綿延十百年，謂為非明不可得也。自南都破而明乃真亡，故本回猶接連敘下。至如魯、唐、桂三王，僻處偏

第一百回　乞外援清軍定亂　覆半壁明史收場

隅，萬不足與滿清抗衡，約略敘及，所以收束全明宗室，簡而不漏，約而能賅，全書以此為終回，閱者至此，得毋亦嘆為觀止乎？

國家圖書館出版品預行編目資料

明史演義——從紅丸大案至梅山殉國 / 蔡東藩
著. -- 第一版. -- 臺北市：複刻文化事業有限公司, 2024.09
面； 公分
POD 版
ISBN 978-626-7514-46-7(平裝)
857.456　113012256

明史演義──從紅丸大案至梅山殉國

作　　者：蔡東藩
發 行 人：黃振庭
出 版 者：複刻文化事業有限公司
發 行 者：複刻文化事業有限公司
E - m a i l：sonbookservice@gmail.com
粉 絲 頁：https://www.facebook.com/sonbookss/
網　　址：https://sonbook.net/
地　　址：台北市中正區重慶南路一段 61 號 8 樓
8F., No.61, Sec. 1, Chongqing S. Rd., Zhongzheng Dist., Taipei City 100, Taiwan
電　　話：(02) 2370-3310　　傳　　真：(02) 2388-1990
印　　刷：京峯數位服務有限公司
律師顧問：廣華律師事務所 張珮琦律師
定　　價：350 元
發行日期：2024 年 09 月第一版
◎本書以 POD 印製
Design Assets from Freepik.com